rororo

«Szilárd Rubin, von dem die Nachwelt heute kaum mehr weiß, als dass er 1927 als Jude in Budapest geboren wurde, saß zum Zeitpunkt seiner Wiederentdeckung auf einem weltliterarischen Schatz.»
(FRANKFURTER ALLGEMEINE ZEITUNG)

Der ungarische Autor, geboren in Budapest, gestorben im April 2010, veröffentlichte bereits seit den fünfziger Jahren Romane. Würdigung als Schriftsteller von Weltrang erfuhr der geistreiche Melancholiker aber erst in den letzten Jahren seines Lebens. So wurde die «Kurze Geschichte von der ewigen Liebe», ursprünglich 1963 erschienen, erst 2004 in Ungarn wiederentdeckt. Als der Roman 2009 in deutscher Sprache herauskam, löste er Begeisterung aus: Ihm gebührt, schrieb die FAZ, «ein Platz unter den aufregendsten Liebesromanen des 20. Jahrhunderts, auf Augenhöhe mit Scott Fitzgeralds ‹Großem Gatsby›». 2010 erschien der Roman «Eine beinahe alltägliche Geschichte», über den der ORF meinte: «Rubin versteht es, ein Leben zu kondensieren, aber Einzelszenen so unvergesslich in den Blick zu rücken, wie es nur die ganz Großen können. Literatur von europäischem Rang.»

SZILÁRD RUBIN

# DIE WOLFSGRUBE

Kriminalroman

Aus dem Ungarischen von
Timea Tankó

Rowohlt Taschenbuch Verlag

Die Originalausgabe erschien 1973
unter dem Titel «Mulatság a farkasveremben»
im Verlag Magvető, Budapest.

Die Übersetzung wurde gefördert mit Mitteln
des Hungarian Books and Translations Office
im Petőfi Literaturmuseum.

HUNGARIAN BOOKS
AND TRANSLATIONS
OFFICE

PIM

Veröffentlicht im Rowohlt Taschenbuch Verlag,
Reinbek bei Hamburg, Juli 2014

Umschlaggestaltung any.way, Cathrin Günther
(Umschlagabbildung: plainpicture/Mira)
Satz aus der Janson Text PostScript, PageOne,
bei Dörlemann Satz, Lemförde
Druck und Bindung CPI books GmbH, Leck
Printed in Germany
ISBN 978 3 499 26657 7

FSC
www.fsc.org
MIX
Papier aus verantwortungsvollen Quellen
FSC® C083411

Das für dieses Buch verwendete FSC®-zertifizierte Papier
*Lux Cream* liefert Stora Enso, Finnland.

# DIE WOLFSGRUBE

Oberst Nox mochte die Ungarn nicht. Er war der Ansicht, die in Ungarn für ihn operierenden Agenten handelten häufig überstürzt.

«Sie werden sehen», sagte er zu Hauptmann Marcus, der ihm gerade den Tagesbericht vorlegte, «als Nächstes vergisst eine unserer künftigen Superagentinnen, vor dem Friseurbesuch das Aufnahmegerät aus ihrem Dutt zu nehmen, und wenn die Friseuse es dann entdeckt, erschießt sie sie aus reiner Verlegenheit. Unerschrocken, wie es sich für eine echte Piroska gehört!»

Hauptmann Marcus, der in seinem Beruf größten Wert auf Genauigkeit legte, bemerkte trocken: «Keine unserer Agentinnen trägt einen Dutt.»

Nox überhörte diesen Kommentar. Er hielt Marcus für einen Pedanten, der lieber Haare spaltete, als sich über einen Witz zu amüsieren. Er schob einen Sessel in die Sonne und setzte sich hinein, mit dem Rücken zu ihm.

Marcus, den das Verhalten seines Vorgesetzten kränkte, wäre es nicht unrecht gewesen, wenn Oberst Nox unbemerkt aus dem riesigen Clubsessel verschwunden wäre. Ja, es wäre schön, dachte er, würde man den Sessel umdrehen, und plötzlich säße jemand anderes darin. Selbst gegen eine Leiche hätte er nichts einzuwenden gehabt.

Nox' knarzende Stimme riss ihn aus seinen Überlegungen. «Wir leben wieder in einer Zeit, in der wir nur auf eine Handvoll außerordentlicher Leute bauen können. Auf entschlossene, gut ausgebildete Fachleute, die mit Sender und Teleobjektiv kämpfen. Unter den Ungarn sind die bedauerlicherweise ziemlich rar.»

«Jetzt haben wir einen.»

Nox wusste, dass Marcus von der großen Hoffnung sprach, dem neuen Agenten, den die Ausbilder für herausragend hielten.

«Meinen Sie 06?»

«Ja. Er ist inzwischen ein richtiger Biochemiker.»

«Und wie sieht er aus?»

«Er hat zwei chirurgische Eingriffe hinter sich. Ein perfektes Alter Ego, wenn Sie mich fragen. Aber wie Sie wissen, war er dem Original ohnehin wie aus dem Gesicht geschnitten. Wir haben ihn mit sämtlichen Erinnerungen von Doktor Decsi gefüttert. Zehntausend Meter Filmband hat er sich angesehen. Wir haben Aufnahmen von jeder einzelnen Person, die er als Decsis Doppelgänger kennen muss. Den ehemaligen Klassenkameraden, den Freunden von damals. Einen Schriftsteller namens Vértes haben wir zum Beispiel in London eingefangen, als er zu Besuch bei seinem Neffen war. Im Sommer fährt er wieder nach England, dann machen wir weitere Aufnahmen von ihm.»

«Ich bin entzückt», sagte der Oberst spöttisch. «Weiter.»

«Das Bild eines Journalisten namens Baksay haben wir aus den ungarischen Fernsehnachrichten geschnitten. Der Kerl ist bei einem Empfang zu sehen, wie er gerade ein Sandwich verschlingt …»

«Sie müssen mir die zehntausend Meter nicht Bild für Bild beschreiben.»

«Wie Sie wollen. Um es kurz zu machen, das Quellenmaterial, das 06 bekommen hat, entspricht vom Umfang her ungefähr der Goethe-Fachliteratur.»

«Na, da wollen wir hoffen, dass er sich auch als ergiebige Quelle erweist.»

Nox wollte daran glauben, dass 06 ein Meister seiner Kunst war. Ein Staragent, der ihm zu den ersehnten Generalssternen verhelfen und dessen glanzvolle Karriere man eines Tages verfilmen würde.

«Bitten Sie ihn im Herbst, bevor er nach Ungarn fährt, um ein Tonbandinterview. Er soll als Privatperson sprechen. Fragen Sie ihn nach seinem Lieblingsschauspieler, seiner Lieblingsautomarke oder welches Beruhigungsmittel er für das beste hält. Die Aufnahme kommt in mein Privatarchiv.»

Nox dachte dabei an die Radiosendung «Sternstunden der Spionage», für die er, nachdem er in Rente gegangen war, Material liefern wollte, sagen wir, für fünfzig Dollar die Minute. 06 war natürlich jung, unter Umständen würde er noch die nächsten dreißig Jahre arbeiten. Aber vielleicht, und Nox dachte auch daran, flog er ja gleich im Herbst, nach seiner Ankunft in Ungarn, auf.

Er stand auf, setzte sich zurück an den Schreibtisch, zog eine schmale Mappe aus der Schublade und übergab sie dem Hauptmann. «Was 06 betrifft, haben wir für heute alles geklärt. Aber hier gibt es noch eine Kleinigkeit, die vielleicht interessant sein könnte.»

Während Marcus den neuen Fall durchlas, schaltete sein Chef den Fernseher an, um sich die letzten Minuten des

Autorennens von Nizza anzuschauen. Am Bildschirm erschien jedoch nur ein Reporter, der gerade versuchte, mit der Frau eines tödlich verunglückten Rennfahrers ein Interview zu führen.

«Was empfinden Sie?»

Die Frau weinte und schlug mit Fäusten auf den Reporter ein. Im Hintergrund sah man den brennenden Wagen.

Marcus bekam davon nichts mit. Er war in das Testament eines in einem Londoner Krankenhaus verstorbenen ungarischen Emigranten vertieft. Der ehemalige Eigentümer der Erzengel-Apotheke hatte kurz vor seinem Tod den Geheimdienst zum Erben seines Vermögens ernannt. Dieses hatte er bei seiner Flucht in Ungarn gelassen und überließ nun dem Geheimdienst die Entscheidung, was damit geschehen sollte.

Nox schaltete den Fernseher wieder aus.

«Und, was sagen Sie?», fragte er Marcus.

«Es hängt alles davon ab, an wen wir das Erbe weitergeben. Aber das Risiko ist auf jeden Fall gleich null.»

«Genau das ist ja das Attraktive daran. Wir kaufen ein, und die Rechnung wird drüben bezahlt.»

Marcus war nicht sonderlich begeistert. Er dachte, wenn sie doch so viele Ideen wie Geld hätten. Zu Nox sagte er allerdings nur: «Ich werde die Sache morgen einleiten.»

Oberst Nox stand auf und öffnete die Fenster. Er blickte auf alte Häuser mit Spitzdach, eine malerische Kleinstadt. Sie erschien ihm auch diesmal – wer weiß, wie oft er das schon gedacht hatte – wie ein Teil von Disneyland.

«Was für ein Wetter!», sagte er mit Begeisterung. «Es ist beinah schon Sommer. Dabei haben wir erst Mitte Mai.»

Marcus wollte gerade salutieren, um sich zu verabschieden, als sich Nox noch einmal an ihn wandte: «Wie soll die Operation eigentlich heißen?»

«Ich schlage vor: *Operation Erzengel.*»

# 1.

Hauptmann Beke hatte die Morgenmaschine nach Pécs genommen. Er flog über das Mecsekgebirge, unter sich sah er Herbstwälder und auch den Kirchturm des Dorfes Csalogány, seinem eigentlichen Ziel.

Er hatte von Doktor Haller, seinem ehemaligen Klassenkameraden, eine Einladung erhalten. Aber nicht nur er, auch alle anderen Mitglieder des «Fledermaus-Ordens»: Decsi, Baksay, Vértes und Schwabik. Denn der Orden zählte nur sechs Mitglieder. Sechs Männer, die während der Gymnasialzeit mehr oder weniger eng befreundet waren.

Beke war nicht überrascht über die Einladung, die Haller eigenhändig mit der «Goldenen Fledermaus», dem Symbol ihres Freundeskreises, verziert hatte. Eher machte er sich und den anderen Vorwürfe, dass sie sich so viele Jahre nicht beieinander gemeldet hatten.

Sie hatten nach der Befreiung 1945 das Abitur gemacht, worauf sich ihre Wege schon bald trennten. Haller studierte in Pécs Medizin, Decsi besuchte die Universität von Debrecen. Schwabik schrieb sich in Szeged am Institut für Pharmakologie ein. Nur Vértes und Baksay studierten gemeinsam in Budapest Geisteswissenschaften. Soweit Beke wusste, waren die beiden, die schon damals eine Art

Hassliebe verbunden hatte, immer noch befreundet. Wahrscheinlich setzten sie ihre im Gymnasium begonnenen Streitereien fort. Beke war darauf gefasst, dass sie auch während des Treffens mindestens zehnmal aneinandergeraten würden.

Ihn selbst hatte sein Beruf am weitesten von den anderen entfernt. Wie er Polizist wurde, war vielleicht damit vergleichbar, wie sich damals ein Gläubiger für die Priesterlaufbahn entschieden hätte: um den beschwerlichsten Weg zu wählen. Den Weg dorthin, wo man am ehesten vom Schwindel der Macht ergriffen werden konnte, wo die eigene Integrität auf die härteste Probe gestellt wurde. War es vermessen von ihm gewesen, sich einzubilden, so unangreifbar zu sein, dass er ohne weiteres bestehen würde? Heute wusste er, dass es das gewesen war. Wie eitel er an seine moralische Kraft geglaubt hatte! Daran, dass er sie auf andere übertragen könnte.

Die Wurzeln dieser Entscheidung lagen, wie so oft, auch in Bekes Fall in der Kindheit. Schon von klein auf hatte er den Wunsch verspürt, der Wahrheit ans Licht zu verhelfen. Er wollte niemanden verurteilen – er ahnte, dass darin nicht viel Freude lag –, ihn interessierte allein die Wahrheit. Als Jungen mochten sie Polizisten eigentlich nicht. Sie empfanden diesen Beruf als ein beinah erniedrigendes notwendiges Übel. Ein Lokführer, das war jemand! Oder ein Schiffskapitän. Aber ein Polizist? Manchmal, wenn einer an ihnen vorbeiging, machten sie ihm hinter seinem Rücken sogar eine lange Nase. Beke dachte dennoch oft an den standhaften Polizisten, der selbst an Heiligabend auf der vom Schnee verwehten Straße wachte.

Später, als er bereits etwas reifer war, sah er, wie bei den

Deportationen die Menschen von Polizisten angetrieben wurden. Er war jedoch nur umso überzeugter von seiner Meinung und sagte sich, gerade jetzt müsste man nach einem Polizisten rufen, nach einem wahren Polizisten, einem, wie er es sein wollte. Und nun, viele Jahre später, dachte er mit der gleichen Seelenruhe an all die von ihm entlarvten und festgenommenen Kriminellen zurück wie an die zwei Jahre Gefängnis, die ihm hätten erspart bleiben können. Er hätte ein Leben führen können wie seine Freunde von früher. Wenn er nur nicht so selbstgefällig gewesen wäre, sich für das schmalste Tor zu entscheiden. Aber damit würde er vor ihnen nicht prahlen. Höchstens Decsi würde er es erzählen, er war schließlich Kommunist geworden. Zumindest hatte er das gehört, aber das war schon eine alte Nachricht, eine von 1959, und gesprochen hatte er ihn seit fünfzehn Jahren nicht mehr.

Ja, anderthalb Jahrzehnte war es her, dass sie alle zum letzten Mal zusammen gewesen waren. In der Zeit kann man sich sehr verändern. Innerhalb von sieben Jahren werden sogar unsere gesamten Körperzellen erneuert. Ob er jetzt den gleichen Menschen begegnen würde, deren Gewohnheiten, Bewegungen, Wünsche und Geheimnisse er einst so genau gekannt hatte? Der eine war vielleicht ergraut, der andere trug eine Brille, und der dritte hatte eine schwere Krankheit. Würden sie einander überhaupt wiedererkennen?

Dafür, dass sie als Schüler keine Polizisten mochten, hatten die «Fledermäuse» nur Anerkennung verdient. Sie hassten sie genauso wie das System. Am meisten hassten sie natürlich die Nazis. Nur Haller war darin nicht so leidenschaftlich, aber ihm sahen sie das nach. Noch als Grundschüler hatte er bei seiner deutschen Großmutter an der Ostsee den schönsten Urlaub seines Lebens verbracht. Haller hatte diesen Sommer nie vergessen. Und später verliebte er sich in ein deutsches, genauer gesagt, in ein sächsisches, aus Siebenbürgen geflohenes Mädchen.

Über dem Mecsek werden die Flugzeuge stets etwas durchgerüttelt. Das ist der Moment, in dem die schwäbischen Damen, deren Töchter oder Schwiegersöhne ihnen die Flugtickets für die Strecke München–Pécs gekauft haben, davon überzeugt sind, Opfer einer Bruchlandung zu werden. Beke betrachtete die beiden alten Frauen, die eine Reihe hinter ihm auf der anderen Seite des Ganges saßen, in schwarzen Strickjacken, die Hände auf dem Schoß gefaltet, und wie versteinert vor sich hinstarrten. Womöglich beteten sie zur Maria von Gyűd, dem kleinen Wallfahrtsort im Süden von Pécs. Aber Beke ärgerte sich nicht über die Ironie der Geschichte, ihn überkam vielmehr eine Heiterkeit. Schließlich, dachte er nachsichtig, wird man sie hier begraben, in dieser Erde, auf der sie so viel geschuftet haben. Es waren arbeitsame, fleißige Menschen, das war nicht abzustreiten, und Beke wäre der Letzte gewesen, der das gewollt hätte.

Das Rauchverbotsschild am Ende des Passagierraums leuchtete auf. Sie würden bald ankommen.

Aus dem Fenster der schräg fliegenden Maschine sah Beke das im alten Fünfkirchen errichtete moderne Wohnviertel, die bunten Quader- und Würfelhäuser, die sich überall auf der Welt ähnelten, in seinen Augen hier jedoch schöner waren. Vielleicht, weil sie auf der vertrauten Erde standen, die ihn an seine Kindheit erinnerte und auf der das Flugzeug gleich landen würde.

## 2.

Der Oberkellner lief von einem Tisch des Speisewagens zum nächsten und kassierte die Passagiere ab. Der Schnellzug näherte sich Pécs, hinter den sonnenbeschienenen Fensterscheiben waren die modernen Wohnhäuser des Stadtteils Uranstadt zu sehen.

Doktor Decsi machte seinen Institutskollegen mit einem bedeutungsvollen Blick darauf aufmerksam. Anlässlich der in Budapest veranstalteten Weltfestspiele der Jugend und Studenten war Andrzej bereits einmal in Ungarn gewesen und hatte auch Pécs besucht, aber die Uranstadt war damals noch Zukunftsmusik. Er blickte hinaus, drehte den Kopf jedoch schnell wieder zurück.

«Schön, schön», sagte er höflich und fügte in gebrochenem Ungarisch hinzu: «Der Sonne wie in Italien! Meine Augen blenden ...»

Es war Oktober, aber die Gläser auf der weißen Tischdecke funkelten, und der Rotwein war in der gleißenden Sonne zu einem Rosé verblasst.

Decsi warf einen flüchtigen Blick auf Andrzej. Der hellhäutige Mann mit dem flachsblonden Haar wirkte naiv und harmlos wie die meisten Polen. Decsi wusste jedoch, dass Andrzej sich der Bedeutung der Uranstadt ebenso bewusst war wie er.

Andrzej lebte bereits seit vier Monaten in Ungarn. Das Forschungsinstitut für Biochemie, an dem er gemeinsam mit Decsi arbeitete, war vor kurzem im Bükkgebirge errichtet worden. Es war ein großangelegtes, kostspieliges Bauprojekt gewesen, dessen Verwirklichung nicht nur Andrzej, sondern auch die ungarischen, tschechoslowakischen und bulgarischen Kollegen seit langem erwartet hatten. Die Forschungsarbeit innerhalb der sozialistischen Länder war aufeinander abgestimmt worden; das räumte die technischen und finanziellen Hürden aus dem Weg, und es konnte ein schöneres, besser ausgestattetes Institut entstehen, als sich die eingeladenen Forscher hätten träumen lassen.

Andrzej war gerne nach Ungarn gekommen. Wobei gesagt werden muss, dass er wohl überallhin gegangen wäre, wo er in seinem Fachgebiet unter den besten Bedingungen und mit gutem Gewissen hätte arbeiten können. Aber mit Ungarn war er von seinem ersten Aufenthalt an verbunden, genau genommen, mit einer Ungarin, zu der er seitdem eine Brieffreundschaft pflegte. Magda hatte mittlerweile geheiratet, aber Andrzej freute sich trotzdem, sie wiederzusehen. Er wollte nur ein paar Stunden in Pécs verbringen, sich mit ihr unterhalten, sein Unvermögen von einst gewissermaßen wiedergutmachen. Er hatte damals nur ein paar Brocken Italienisch gesprochen, Magda Englisch. Nach den Verständigungsversuchen in mühseliger und oft komischer Zeichensprache, dem endlosen Blättern im Wörterbuch wäre es nun kein geringer Triumph, sich mit ihr auf Ungarisch zu unterhalten. Die Frage war nur, ob sie ihn wirklich am Bahnhof erwarten würde.

Decsi bedrückten andere Sorgen. Er besah immer wieder sein Spiegelbild im Fenster, die frische Narbe, die seinem Aussehen etwas Fremdes verlieh. Dabei hatte er sich sogar die Haare nach einem vergilbten Abiturfoto schneiden lassen und trug nun, wie der Junge auf dem Bild, einen Scheitel. Was ihn aber am meisten beunruhigte, war nicht seine eigene Erscheinung, sondern die der anderen. Ob er sie wiedererkennen würde?

Im Grunde stellte er sich also die gleiche Frage wie Beke auf dem Flug nach Pécs.

Decsi war seit zehn Jahren nicht in Pécs gewesen, und die beiden vergangenen Jahre hatte er mit einem Staatsstipendium in Schweden verbracht. Erst vor kurzem war er zurückgekehrt, und wie zu erwarten hatte man ihn in das neue Forschungsinstitut versetzt. Er zählte zu den begabtesten ungarischen Biochemikern, auch wenn man ihm im Augenblick die in dem renommierten schwedischen Forschungsinstitut verbrachte Zeit nicht anmerkte. Er wirkte nicht so souverän, wie man es sich von ihm erhofft hätte, und seine Kollegen hatten den Eindruck, er lasse sich schwer auf die Arbeit ein. Er war ruhig und guter Laune, verließ jedoch häufig das Labor mit der Begründung, er habe Kopfschmerzen oder ihm sei schwindelig. Man machte sich Sorgen, er habe vielleicht Strahlenschäden erlitten.

Natürlich hatte er auch Neider, die sofort ihr Urteil über ihn fällten: Es sei schade um die zweijährige Entsendung gewesen, denn Decsi sei offenbar bei weitem nicht so ein Talent, wie seine Professoren gedacht hätten. Bald werde man ihn nur noch aufgrund seiner politischen Verlässlichkeit am Institut beschäftigen.

Decsis Vater war bereits seit längerem tot, und wenige Tage nach seiner Rückkehr verstarb plötzlich auch seine betagte Mutter. Nun war er völlig allein. Eigentlich hätte er sich wirklich über Hallers Brief freuen können, darüber, bei seinen alten Klassenkameraden nicht in Vergessenheit geraten zu sein und den Abend wieder in ihrem vertrauten Kreis verbringen zu dürfen.

Sie hatten beide nur einen kleinen Koffer dabei. Die gesamte Fahrt hatten sie im Speisewagen verbracht und sich dort mit dem ein oder anderen Glas Wein gestärkt. Das hatte auch Andrzej nötig gehabt. Jetzt, kurz bevor er ausstieg, fühlte er sich für dieses späte Rendezvous viel zu alt und dachte, es könne sogar ausgesprochen peinlich werden, da es sich bei seiner Verabredung ja um eine verheiratete Frau handelte.

Doch im selben Moment erblickte er sie.

Die Frau stand am Bahnsteig bei den anderen Wartenden und versuchte, ihn hinter den Fensterscheiben des einfahrenden Zuges zu erspähen. Da stand sie, etwas füllig, aber hochgewachsen, mit leuchtenden goldgrünen Augen und einem großen, bronzefarbenen Chignon.

«Magda», sagte Andrzej leise.

Decsi kam die Frau sofort bekannt vor. Eine Sekunde später fiel ihm ein, dass Andrzej von einer Bekannten namens Hevesi gesprochen hatte. Ja, er hatte «Magda Hevesi» gesagt. Decsi hätte jedoch schwören können, dass dieses auffallend grüne Augenpaar nur Emmi Schweller gehören konnte.

Er reichte Andrzej die Hand, um sich so schnell wie möglich von ihm zu verabschieden. «Auf Wiedersehen, ich würde sowieso nur stören», sagte er nervös.

Dann lief er zum anderen Ende des Speisewagens, als hätte er etwas verloren.

«Mein Feuerzeug», sagte er zum Kellner, der gerade die Tischdecke zusammenfaltete. «Na ja, egal, vielleicht habe ich es doch eingesteckt. Ach, hier ist es ja!»

Er zog es aus der Tasche und klappte es lächelnd vor dem Kellner auf.

Als er ausstieg, hatten Andrzej und seine Bekannte den Bahnsteig schon verlassen. Decsi ging aus dem Bahnhofsgebäude und blieb aufgeregt stehen. Durch die von mediterranem Licht überflutete Stadt zog ein lauer Wind und trug den Geruch des Mecsek bis zum Bahnhof. Einen Augenblick lang fühlte er sich beklommen, doch dann gewann er sein Selbstvertrauen zurück und machte sich auf den Weg.

Er wusste, an diesem Tag würde er sich seiner großen, allmählich in eine fixe Idee ausufernden Angst, beschuldigt zu werden, endlich entledigen können.

## 3.

Győző Vértes und Ali Baksay kamen am frühen Vormittag in Pécs an, mit dem Wolga des *Magazins*.

Gleich nachdem Ali von dem Treffen erfahren hatte, überredete er den Chefredakteur, ihn für eine Reportage nach Pécs zu schicken. «Die Ballettkompanie *Pannón* ist schon vor sechs Wochen aus England zurückgekehrt, und wir haben noch keine einzige Zeile über ihren Auslandsauftritt geschrieben», stellte er empört fest. «Wir müssten wenigstens ein Tänzer-Porträt bringen, mit einem kurzen Bericht über den Londoner Erfolg.» Er hatte keine Ahnung, wie er im Falle einer ablehnenden Antwort des Chefredakteurs ohne Auto und Tagegeld zu dem Treffen nach Csalogány hätte fahren sollen. Die Angelegenheit ließ sich jedoch erstaunlich leicht klären.

Vértes wiederum machte seine Teilnahme an dem Treffen davon abhängig, ob es mit der kostenlosen Fahrt klappen würde. Er hatte noch 50 000 Forint auf dem Konto, hätte sich aber für einen von der Hand in den Mund lebenden Bohemien gehalten, wenn er dieses Geld angerührt hätte, nur um mit seinen alten Freunden ein bisschen in Erinnerungen zu schwelgen. Und mit dem Honorar für seinen letzten Auftrag war erst in zwei Tagen zu rechnen.

«Soll ich etwa mit fünfzig Forint losfahren?», fragte er entrüstet.

Vértes konnte es den Tag verderben, wenn er mit einem Straßenbahnfahrschein nur die Hälfte der Gesamtstrecke fahren musste und dieser somit «halb benutzt» in den Mülleimer wanderte. Er machte sich dann schreckliche Vorwürfe wegen seiner verschwenderischen Lebensweise.

Dass sie nun ein Auto hatten, beruhigte ihn zwar, aber um keine Zeit zu vergeuden, schrieb er in der Raststätte, in der sie eine Kaffeepause einlegten, schnell noch ein Kindergedicht. Als er fertig war, ließ er Ali schwören, er würde das Gedicht innerhalb von zwei Wochen veröffentlichen, wenn Vértes ihm seinen Kaffee bezahlte.

Ali, der täglich an die zwanzig Versprechen dieser Art machte, zuckte mit den Schultern, als gäbe es nichts Selbstverständlicheres, und sagte: «Das ist doch keine Frage, mein lieber Győző!» Innerlich empfand er jedoch glühende Verachtung für Vértes. Eines war sicher: Hätte dieser, in der Annahme, es sei eine Spielzeugpistole, einen scharfen Revolver in der Hand gehabt, hätte Ali ihn nicht auf den Irrtum aufmerksam gemacht, ganz im Gegenteil, er hätte darauf gewartet, dass er mitten im Winter den Kachelofen zerschoss. Denn er wusste, dass Vértes leicht fror. Dieser hatte keine Ahnung, welche Meinung Ali über ihn hatte. Das hing wohl auch damit zusammen, dass er andernfalls darüber hätte nachdenken müssen, was für ein Mensch er war, wenn sein engster Freund ihn derart hasste. Und über solche Fragen zerbrach er sich nicht gern den Kopf.

Die Fahrt verlief jedoch ohne Auseinandersetzungen, und ab der Stadtgrenze von Pécs herrschte sogar ein gewisser Einklang in ihrem Tonfall und Gesichtsausdruck: Sie strahlten beide die Erhabenheit von Schriftstellern aus. Vértes, der an einem Ekzem litt, zog sogar weiße Handschuhe über.

Sie nahmen sich zusammen ein Einzelzimmer im Hotel Pannónia, wo natürlich Ali mit dem schmalen Sofa vorliebnehmen musste.

«Stimmt's, Ali, du schläfst doch nicht gerne im Bett?»

«Nein», antwortete dieser, «wo denkst du hin, ich bevorzuge Sofas, bei denen man so richtig schön die Federn spürt. Ich danke dir, dass du mir zuliebe auf diesen Genuss verzichtest.»

Sie packten ihre Sachen aus, dann rief Ali Bea Nicky an, die Tänzerin, die er für das Interview ausgewählt hatte, und verabredete sich mit ihr im Café Libresszó.

Erst an diesem Punkt kam es zum Streit.

«Du, Ali, sag mal», begann Vértes, «wer hat das Ganze eigentlich organisiert?»

«Was?»

«Dieses Treffen.»

«Du.»

«Ich? Bist du verrückt geworden?»

«Hast du nicht erzählt, dass du Schwabik über den Weg gelaufen bist und er gesagt hat, Haller habe uns eingeladen?»

«Ich fasse es nicht. Wer hat denn vorgeschlagen, Haller zu besuchen, um mal wieder richtig gut zu essen? Du hast gesagt, ihr habt das schon per Brief geklärt ...»

«Ja, das stimmt. Eigentlich habe ich ihn angerufen, wir haben es am Telefon besprochen. Aber im Grunde spielt das doch gar keine Rolle ...»

«Na, fein!»

«Was regst du dich denn so auf?» Ali schleuderte seine Haarbürste auf den Boden. «Beke und Decsi sind bestimmt schon längst angekommen.»

«An der Rezeption hat man mir gesagt, sie seien noch nicht da. Du siehst, ich habe mich schon informiert.»

«Weil sie im Nádor übernachten. Wollen wir wetten, dass sie im Nádor sind?»

«Was ist dein Einsatz? Deine Schulden?»

Wenn sich Wut in Gas umwandeln könnte, wäre Baksay mit einem Mal zehn Zentimeter über dem Teppich geschwebt. Nur zehn und nicht mehr, immerhin brachte er neunzig Kilo auf die Waage. Er war ein untersetzter junger Mann, mit walnussgroßen Augen und dicken, kirschroten Lippen.

«Ich bin gespannt, ob du Bea Nicky gegenüber auch so schofel sein wirst.»

«Ich verstehe nicht, was du meinst.» Vértes' lange, fließende Gestalt wurde noch schmaler.

«Soweit ich weiß, geht es nicht darum, Geld auszugeben. Mal davon abgesehen, habe ich nur zwanzig Forint dabei.»

«Du bist mit einem Zwanziger losgefahren?»

«Ein bisschen Kleingeld habe ich auch noch.»

«Schon gut, ich habe nichts gesagt.»

Vértes hatte natürlich auch sein Sondersparbuch dabei, mit dem er in jeder Bankfiliale des Landes Geld abheben konnte, das hielt er jedoch mindestens so geheim, wie wenn er Bigamie begangen hätte. Von dem anderen Sparbuch wussten leider auch seine Freunde. Von diesem wusste nur er.

«Hör zu, Ali», sagte er, «du weißt, das Geld für die Nachdichtungen aus dem Türkischen bekomme ich erst Ende November. In diesem Monat sieht es bei mir verdammt schlecht aus. Ich möchte bei diesem Ausflug nichts zubuttern.»

«So viel, wie es dich bis jetzt gekostet hat, ist das auch verständlich.»

«Dazu sage ich lieber nichts.»

Ali dachte an seinen Blutdruck und legte den Streit bei. «Wichtig ist, dass bis jetzt alles gut lief. Wenn wir nur ein bisschen Verstand haben, sollten wir versuchen, die Nicky zu überreden, uns heute Abend Gesellschaft zu leisten. Wir nehmen sie mit nach Csalogány …»

«Endlich ein vernünftiges Wort», sagte Vértes. «So bekommt das Ganze schon einen gewissen Reiz.»

«Na, was hast du denn geglaubt? Ich habe das von Anfang an so gedacht.»

«Natürlich nur, wenn Haller tatsächlich mit uns rechnet.»

«Wieso sollte er denn nicht?»

Da Vértes und Ali sich mittlerweile auf einer Höhe gegenseitigen Misstrauens befanden, wo sich andere nur noch mit Beatmungsgerät hätten aufhalten können, war es unmöglich, diese Frage in einer für beide zufriedenstellenden Weise zu klären. Also überließen sie sich dem Schicksal.

Sie hatten noch eine gute halbe Stunde bis zu dem Treffen mit Bea Nicky. Vértes nahm sich die Übersetzungen aus dem Türkischen vor, und Ali beschloss, im Nádor vorbeizuschauen, um die anderen zu suchen.

Er ging bereits die Treppen hinunter, als ihm ein vager Verdacht kam. Es stimmte zwar, dass er Haller angerufen hatte, aber die Idee zu dem Treffen stammte eigentlich von Beke. Wenn sein Freund, der Polizist, sich nicht im Hungária, seinem nachmittäglichen Stammlokal, zu ihm gesetzt und so begeistert davon gesprochen hätte, wie schön es doch wäre, alle mal wiederzusehen, wäre er nie auf den Gedanken gekommen, Haller anzurufen. Beke hatte ihn gebeten, Haller zu schreiben und ihn in der ihm eigenen humorvollen Art aufzufordern, sie einzuladen, ob er wolle oder nicht. Und so kam es zu dem Briefwechsel und den Telefonaten. Die Karten wanderten in diesem Spiel von einem zum anderen, und wer der Geber gewesen war, geriet in Vergessenheit. Ali beunruhigte das keineswegs. Im Gegenteil, der Kartenvergleich erhellte augenblicklich sein Gemüt. Sie mussten am Abend unbedingt Karten spielen. Poker oder Einundzwanzig, ganz egal. Er wusste, die anderen würden sich an seine Heldentat von damals erinnern, als er die Jókai-Werkausgabe seines bibliophilen Vaters verkaufte, um seine Spielschulden zu begleichen. Diese Erinnerung war eine gute Nahrung für sein Selbstbewusstsein, was ihn an Bea Nicky denken ließ. Wenn sie sie wirklich nach Csalogány begleiten würde, dachte er, könnte diese Nacht goldene Früchte für sie tragen.

Die Frage war nur, wer von den sechs Männern in den Genuss der Ernte käme.

# 4.

Beke hatte sich ein Zimmer im Hotel Nádor genommen, mit Aussicht auf den sonnigen Széchenyi-Platz. Als er hinausblickte, kamen Erinnerungen an Hunderte von Vormittagen aus seiner Schulzeit in ihm auf: Wie er mit seinen Sektorballsteinchen in der Tasche vor der Moschee auf Decsi wartete, wie Haller ihm hier sein U-Boot-Modell zeigte oder Vértes ihm über den Weg lief, blass nach seiner unpünktlichen Verabredung Ausschau hielt und jeden Passanten nach der Uhrzeit fragte, in der Hoffnung, die Uhr des Rathauses gehe vor. Beke blieb allerdings nur für einen Moment am Fenster stehen. Er hatte vor seiner Abreise nicht gefrühstückt und war mittlerweile ziemlich hungrig geworden. Schnell packte er seine Zahnbürste aus, warf den Pyjama aufs Bett, wusch sich die Hände und ging ins Restaurant, um etwas zu essen.

Er bestellte ein ausgiebiges Gabelfrühstück: Schinkenomelett, Butter und Tee. Er dachte gerade daran, das Mahl mit einem Kastanienpüree zu krönen, als er auf jemanden aufmerksam wurde. Es war eine Frau von ungefähr dreißig Jahren, mit einem roten Hut. Zuerst wandte sie sich an einen Kellner, dann trat sie an einen Mann heran, der Zeitung las, dieser schüttelte jedoch auch nur den Kopf. Nach einem kurzen Moment der Unentschlossenheit blickte sie zu Beke und eilte auf ihn zu.

«Entschuldigen Sie bitte. Sind Sie Hauptmann Beke?»

«Ja. Womit kann ich Ihnen dienen?»

«Ich bin Frau Schwabik.»

«Oh, Sicas Gemahlin! Bitte nehmen Sie Platz.»

Die Frau setzte sich und stellte sich noch einmal vor.

«Ich heiße Márta. An der Rezeption wurde mir gesagt, dass Sie schon eingetroffen sind und ich Sie hier finde. Ich musste nur herausbekommen, wer von den Gästen Sie sind.»

Beke lächelte sie freundlich an.

«Es freut mich, Sie bereits jetzt kennenzulernen.»

Er sah Frau Schwabik zum ersten Mal. Sie war eine korpulente Frau mit schwarzen Augen, stark blondierten Haaren und wohlgeformten, aber ein bisschen zu groß geratenen Händen.

«Wie geht es Sica?»

«Genau über ihn möchte ich mich mit Ihnen unterhalten. Aber vollkommen im Vertrauen.»

«Dem steht nichts entgegen.»

«Ich weiß, dass Sie Detektiv sind ...»

Beke behielt sein Lächeln bei, obwohl es ihm lieber gewesen wäre, wenn Frau Schwabik nicht mit ihm als Polizeioffizier, sondern als Freund ihres Mannes hätte sprechen wollen.

Die Frau holte eine Zigarette hervor, und als sie sie an die Lippen hielt, sah Beke, wie ihre Hand zitterte. Er gab ihr Feuer.

«Lassen Sie hören. Ihr Mann hat doch nicht etwa jemanden vergiftet?»

«Doch, mich», sagte die Frau mit todernster Miene.

«Das meinen Sie sicherlich im übertragenen Sinne.»

«Seit einigen Wochen ist er völlig verändert, einfach nicht wiederzuerkennen. Ich weiß, dass er ein Verhältnis mit einer Tänzerin hat, aber er bestreitet es hartnäckig.»

«Das kann nur einen Grund haben.»

«Welchen?»

«Er hat Angst, Sie zu verlieren.»

Ihre silbernen Nägel trommelten nervös auf der Marmortischplatte.

«Er sollte sich eher um seine Geliebte Sorgen machen.»

«Kennen Sie sie?»

«Ja, wir grüßen uns sogar. Sie ist dreist genug, meinen Mann in der Apotheke zu besuchen.»

«Das könnte auch für ihre Unschuld sprechen.»

«Meinen Sie? Dann hören Sie mal gut zu: Mein Mann gibt ihr Geld.»

«Wie kommen Sie darauf?»

«Ich habe sein Taschengeld markiert. Er behält immer zwei Hunderter von seinem Gehalt. Ich habe mir die Nummern von beiden Scheinen aufgeschrieben und sie jeweils mit einem Kreuz markiert.»

Beke wurde leicht schwindelig.

«Na, und was ist mit den Scheinen passiert?»

«Sie hat in der Drogerie in der Hajnik-Straße damit bezahlt.»

«Woher wissen Sie das?»

«Ich habe mit der Kassiererin ausgemacht, dass sie das Geld beiseitelegt, wenn sie mit einem Hunderter zahlt. Denn die gute Bea kauft sich ihre Cremes immer in dem Laden.»

Beke fand das ziemlich beunruhigend. Diese Frau, dachte er, ist offenbar zu einigem fähig. Seine Stimme wurde unwillkürlich kühl. «Und nun sind Sie im Besitz eines Beweisstückes. Aber Sica streitet es immer noch ab?»

«Er hat geschworen, sie nicht einmal geküsst zu haben. Er habe ihr nur etwas Geld geliehen.»

«Ich rate Ihnen, ihm zu glauben.»

«Dafür bin ich nicht zu Ihnen gekommen. Ich möchte Ihnen glauben.»

«Was erwarten Sie von mir?»

«Versprechen Sie mir, meinem Mann nicht von diesem Treffen zu erzählen, ihm nichts von dem, was Sie von mir gehört haben, zu verraten.»

«Das verspreche ich.»

«Männer halten es oft für ihre kameradschaftliche Pflicht, hinter dem Rücken der Frauen …»

«Beruhigen Sie sich, ich werde ihm nichts erzählen. Davon abgesehen würde es mich freuen, wenn Ihre Ehe wieder in Ordnung käme.»

«Ich bin zu Ihnen gekommen, um einen letzten Versuch anzustellen, bevor etwas Schlimmes passiert. Wenn Sie es gut mit mir meinen, bitte ich Sie, sprechen Sie mit ihr.»

«Wie heißt sie?»

«Bea Nicky. Sie ist die Solotänzerin des Balletts.»

«Wenn sich mir die Gelegenheit bietet …»

«Sie sind Polizist. Jagen Sie ihr einen Schrecken ein. Sagen Sie ihr, Sie lassen sie festnehmen. Damit würden Sie unser aller Leben retten.»

«Liebe Márta, Sie haben etwas überalterte Vorstellungen von der Polizei.»

«Wollen Sie etwa eine Tragödie?»

«Warum haben Sie sich noch nicht mit ihr unterhalten? Dann würden Sie klarer sehen.»

«Ich werde ihr doch nicht hinterherrennen! Mich blamieren! Aber Sie könnten mich vielleicht mit ihr zusammenbringen, mit ihr bei uns vorbeikommen … Wenn ich die beiden zusammen sehen könnte … Aus ihrem Verhalten ließe sich vieles erschließen … Übrigens habe ich sie bisher mit keiner Silbe verletzt. Ich warte noch …»

Beke wäre der Frau gerne entflohen. Er hatte keine Ahnung, wie er aus dieser Bredouille herauskommen sollte.

«Ich glaube, Sie verlangen Unmögliches von mir, aber ich werde sehen, was ich tun kann. Lassen Sie mich darüber nachdenken. Einer unserer Freunde ist Journalist, er ist heute Abend auch mit von der Partie, vielleicht könnte er …»

«Wie Sie meinen, schließlich ist das Ihr Beruf. Hauptsache, es geschieht etwas, und die Sache wird geklärt. Ich sage Ihnen, es muss unbedingt etwas passieren.»

«Ja, natürlich.»

«Dann werde ich jetzt gehen. Ich bitte Sie inständig, lassen Sie mich nicht im Stich.»

«Bis heute Abend.»

Schwungvoll drückte Beke der Frau die Hand, sank dann jedoch zermürbt aufs Sofa zurück.

Er bestellte schnell einen Espresso, um aus dem Albtraum zu erwachen und die Angelegenheit zu verdauen. Doch in dem Moment betrat Decsi das Restaurant.

## 5.

Beke hielt es nicht für ausgeschlossen, dass Decsi zunächst genauso zögern und sein Gesicht unter denen der Gäste suchen würde wie Frau Schwabik, die ihn zum ersten Mal in ihrem Leben gesehen hatte.

Das war allerdings nicht der Fall.

Decsi blieb stehen, schaute sich um, und sein Blick blieb sofort an Beke hängen. Er sah ihn prüfend an, dann erhellte sich sein Gesicht, und er eilte geradewegs zu ihm.

Beke sprang auf. «Das gibt es doch nicht! Wir treffen uns wieder als Erste, ganz wie damals.»

Zu Schulzeiten hatten sie sich nach den Sommerferien stets als Erste getroffen. Beide kamen mit dem Zug aus Mohács, nur stieg Decsi erst in Villány ein. Damals hatten sie sich jedoch nur drei Monate nicht gesehen, und nun waren es fünfzehn Jahre.

Lachend umarmten sie sich. Decsi war Beke ausgesprochen dankbar, dass dieser bereits mit den ersten Worten an ihre gemeinsame Schulzeit erinnerte, denn wäre er ihm gegenüber misstrauisch gewesen, hätte er das mit Sicherheit nicht getan. Außerdem kannte er die Namen der Stationen zwischen Pécs und Villány – wenn es sein musste, konnte er sie mit einem Atemzug aufsagen.

«Wie bist du gekommen?», fragte Decsi.

«Mit der Morgenmaschine aus Budapest. Und du?»

«Bis Budapest mit dem Bus, von dort mit dem Schnellzug. Ich dachte, ich treffe im Speisewagen jemanden von uns. Zum Beispiel Vértes oder Ali …»

«Du bist ja verrückt geworden!»

«Wieso?», fragte Decsi und lächelte.

«Kannst du dir vielleicht vorstellen, dass Vértes sich in den Speisewagen setzt?»

Decsi errötete. «Soweit ich weiß, hat er keine finanziellen Probleme.»

«Aber er ist bestimmt umso geiziger geworden.»

«Kann sein. Du bist ja auch in Psychologie bewandert, aber ich kenne mich nur in der Biochemie aus.»

«Stimmt. Woran arbeitest du eigentlich?»

«Fragst du das als Ermittler?»

«Ach, hör doch auf.»

«Ich darf an sich nicht darüber sprechen. Wenn nicht gerade du es bist, der mich fragt, antworte ich, wir veredeln Weizen. Wo bist du eigentlich untergekommen?»

«Hier im Nádor. Zimmer 256.»

«Dann weck mich doch bitte heute Nachmittag. Ich muss eine Runde schlafen, sonst werde ich heute nicht mehr alt. Ich bin ziemlich erschöpft.»

«Ihr arbeitet doch bestimmt mit Strahlung. Hast du in der letzten Zeit mal dein Blutbild überprüfen lassen?»

«Es sind meine Nerven. Irgendetwas stimmt da nicht. Und mein Gedächtnis lässt auch zu wünschen übrig.» Er deutete auf die rote Narbe an seiner Schläfe. «Das war ein gründlicher Schlag.»

Beke betrachtete Decsis erhobene Hand mit dem krummen Daumen. Sie waren in der sechsten Klasse, als sich Decsi bei einem Basketballturnier den Daumen brach. Der Knochen wuchs nicht richtig wieder zusammen, und der rechte Daumen blieb krumm. Beke empfand die Zärtlichkeit von früher. Aber auch der Ermittler in ihm war wach. Reflexartig fiel ihm ein, dass es sich hierbei um eine Eigenschaft handelt, die in der Personenbeschreibung als besonderes Merkmal bezeichnet wird und wovon man – zum Zwecke der Personenidentifizierung – eine Röntgenaufnahme machen lassen könnte. Vorausgesetzt, die nach dem Unfall angefertigten Aufnahmen gab es noch irgendwo.

Er fragte scherzhaft: «Du hast nicht zufällig meine *Hamlet*-Taschenausgabe dabei?»

Decsi holte das in schwarze Seide gebundene Büchlein

aus seiner Tasche. «Hier, bitte. Schweden hat es inzwischen auch schon bereist.»

Beke war angesichts des seit fünfzehn Jahren nicht gesehenen Buches ganz aufgewühlt, Decsi ebenfalls, er allerdings, weil er sich nicht wohl in seiner Haut fühlte. Getrieben von dem Schreckensbild, verdächtigt zu werden, wollte er nun allwissend erscheinen.

«Weißt du, wer damals in Zimmer 256 gewohnt hat?», fragte er.

«Na, wer?», fragte Beke zurück, wobei er spürte, dass sich seine Gesichtszüge anspannten.

«Denk mal nach, altes Haus.»

«Das ist nicht einfach ...»

«Soll ich dir helfen?»

«Ein bisschen.»

«Vértes' erste Flamme ...»

«Katalin Karády!»

Jetzt mussten sie wirklich beide losprusten. Sie lachten herzlich, frisch, beinah bubenhaft.

Die Zimmernummer!, dachte Decsi. Wer zur Hölle erinnert sich an eine Zimmernummer? Aber offenbar ist es genau das, was einen Detektiv beruhigt. Wieso also nicht, wenn er sich darüber freut.

Er wurde ernst, schüttelte den Kopf. «Noch ein paar Jahre, und wir vergessen vielleicht sogar die Gesichter der anderen. Dann wäre es Haller wie Roland ergangen: Er hätte zu spät das Horn geblasen, um sein Heer zusammenzurufen.»

«Würden wir auf dem Land leben, hätten wir uns vielleicht gemeldet. Aber es ist auf jeden Fall nett von ihm.»

«Ja. Ich habe den Brief an meinem Geburtstag bekommen. Er hat mir gratuliert und mich gleichzeitig eingeladen.»

«Das hättest du ja auch machen können. Schließlich habt ihr am gleichen Tag Geburtstag …»

Am zehnten September, dem gemeinsamen Geburtstag von Haller und Decsi, hatten sie im Schülerwohnheim immer große Feste gefeiert. Beke erinnerte sich daran. Er sah Hallers sommersprossiges Gesicht vor sich, das vor lauter Lachen ganz rot geworden war, und wie er seine besonnene, schon damals an einen Arzt erinnernde Art ganz vergaß und Decsi wild auf den Rücken klopfte. Decsi war ein schweigsamer, etwas steifer Junge mit eckigen Bewegungen gewesen, hager und der Schopf schwarz wie das Gefieder eines jungen Adlers. Seitdem ist er wahrlich ergraut! Wie Schwabik und Vértes wohl aussahen?

«Lass uns losgehen und die anderen suchen», schlug Beke vor.

«Genau! Schauen wir im Pannónia vorbei.»

Decsi wollte dem Kellner zuwinken, aber plötzlich blieb seine Hand in der Luft stehen. Vor dem Fenster des Restaurants gingen Andrzej und die Frau mit dem roten Chignon vorbei. Sie liefen langsam, fröhlich plaudernd in Richtung der Haltestelle des Busses, der in den Mecsek fuhr.

«Sieh mal einer an!», sagte Beke. «Siehst du die junge Frau da? Dir hat sie auch einmal gefallen.»

«Ja», sagte Decsi und nickte, «klar.»

«Also, falls du es nicht wissen solltest, sie wird heute Abend unsere Gastgeberin sein.»

«Wieso denn das?»

«Haller hat sie geheiratet. Glaube ich zumindest. In

der Einladung stand, seine Frau sei unser gemeinsamer Schwarm gewesen, mehrere von uns hätten sich um sie bemüht.»

Decsi lächelte linkisch. «Das ist ja interessant. Der Mann ist nämlich mein Institutskollege, und er ist nach Pécs gekommen, um sich mit ihr zu treffen. Das sollte aber unter uns bleiben.»

Beide waren der Ansicht, es sei besser, das Thema auf sich beruhen zu lassen. Insgeheim hatten sie aber den gleichen Gedanken gefasst: Anstatt ein Nickerchen zu halten, würden sie am Nachmittag der Sache auf den Grund gehen.

Sie bezahlten und gingen los.

Draußen war es so warm, dass sie in der Tür auf dem Absatz kehrtmachten, um ihren Mantel wieder an der Garderobe abzugeben.

«Ich glaube», sagte Decsi, als sie auf der Straße waren, «zu dieser Zeit hatte ich vor zwanzig Jahren noch gar keinen Mantel. Meine Mutter konnte mir erst im Dezember einen kaufen.»

«Na, und ich? Ich trug fünf Jahre lang eine alte Postbotenjoppe. Wenn ich in die Klasse kam, gab es immer jemanden, der rief: ‹Ein Einschreiben!›»

Sie spürten, wie in ihnen die bereits überwunden geglaubte Unbeholfenheit aufstieg, die Sehnsucht der Dorfjungen nach der Stadt, verbunden mit ihren Ängsten vor ihr, aber auch die Neugier nach den lange nicht gesehenen Freunden.

An der Ecke des Platzes begegneten sie Ali Baksay.

# 6.

Ali stand bereits seit zwanzig Minuten vor dem Zeitungskiosk und las in der Lokalzeitung *Horizont*. Darin war eine Kritik von ihm erschienen, und das beschäftigte ihn im Moment mehr als alles andere. Sein Blutdruck war in die Höhe geschossen, und seine Kehle wurde von Mordgelüsten zusammengeschnürt. Der Grund: ein Druckfehler. Benommen, mit glasigem Blick starrte er Decsi und Beke an.

«Schaut euch das an», röchelte er seinen Freunden entgegen. «Wie können die nur so blöd sein!»

«Was ist denn los?», fragte Decsi lachend.

«‹Die Wege der Gunst bei János Komlós›. Gunst statt Kunst!»

«Wirf lieber noch einen Blick in das Manuskript, bevor du jemanden umbringst. Das ist ein verräterischer Fehler, vielleicht hast du dich ja vertippt.»

«Glaubst du?», fragte Ali verunsichert.

Nun war die alte Truppe grüner Jungen wieder beisammen. Es fehlte ihnen nur noch die Studentenmütze.

Endlich kam Ali zu sich und sagte bestimmt: «Lasst uns ins Libresszó gehen, ich halte es nicht länger ohne einen Cognac aus.»

Vértes und Bea Nicky saßen bereits in dem kleinen Café neben der Buchhandlung. Sie unterhielten sich gerade über London. Vértes sah sich in guter «Startposition», da er der jungen Frau in London bereits flüchtig begegnet war, diesen Sommer, als er von seinem Neffen, einem Tennislehrer, für zwei Wochen eingeladen worden war und gleich drei Monate in der Stadt blieb. Nun stellte er ihr seine ankommenden Freunde mit der Überlegenheit des Kosmopoliten vor.

«Bea sagt, das Interview zu London müsse ich mit ihr machen. Du könntest höchstens über ein Gastspiel innerhalb der Landesgrenzen schreiben …»

«Ist schon gut, mein lieber Győző», sagte Ali, «aber den Glückspenny kannst du ruhig in die Handtasche der Dame zurückfallen lassen.»

Ali hatte sofort bemerkt, dass Vértes auffallend zerstreut mit der Münze spielte. Er hätte schwören können, am Ende würde er vergessen, sie zurückzugeben. Mit einer nervösen Zuckung der Gesichtsmuskeln hielt Vértes sich die Münze vor die Nase.

«Sie duftet so herrlich nach Parfüm», sagte er geistreich. «Dabei behauptet man doch immer», fügte er noch geistreicher hinzu, «Geld rieche nicht.»

Aus unerklärlichem Grund erblasste Bea bei dieser Bemerkung. Ihr schönes Katzengesicht bekam plötzlich einen heimtückischen Zug.

«Das wissen Sie sicherlich besser», sagte sie im Plauderton und warf Vértes einen warnenden Blick zu.

Was mag das für eine Anspielung sein?, fragte sich Beke. Er wusste, dass Vértes vor kurzem erst aus England zurückgekehrt war.

Die Frau wandte sich nun Decsi und Beke zu, die wohl einen ernster zu nehmenden Eindruck erweckten.

«Sie haben hoffentlich nichts mit Literatur zu tun?»

«Nein, ich bin Biochemiker. Meinen Freund kann man jedoch auf seinem Gebiet schon einen Künstler nennen …»

«Was macht er?»

«Er ist Ermittlungsbeamter.»

Bea erblasste nun bereits zum zweiten Mal, seit ihr die Freunde vorgestellt worden waren.

«Tatsächlich?», fragte sie mit verdächtiger Begeisterung. «Das muss ja furchtbar interessant sein!»

«Heute Abend könnte er Ihnen spannende Geschichten erzählen», sagte Vértes, seinen Faden wieder aufnehmend, «natürlich nur, wenn Sie Lust haben, uns nach Csalogány zu begleiten ...»

«Das ist gar keine Frage. Wenn Sie nicht kommen, gibt es keinen Artikel.» Ali warf ihr einen fordernden Blick zu und erhob dann ungestüm sein Glas. «Zum Wohl!» Der Glasinhalt kippte prompt auf Vértes' Hose.

«Du Wahnsinniger», sagte Vértes aufbrausend.

«Was regst du dich auf? So sehen die Kellner wenigstens, dass du auch etwas getrunken hast.»

Hintergrund dieser bissigen Bemerkung war bereits der Wettkampf um Beas Sympathie. Ali hatte beschlossen, Vértes auszustechen. Vértes entschied sich jedoch für die Taktik des eleganten Rückzugs, die Zeit lief ihm schließlich nicht davon.

«Ich glaube», sagte er, während er mit seinen weißen Wildlederhandschuhen wedelte, «darauf hat ein Gentleman nichts zu erwidern.»

Ali stieß Decsi gegen das Knie. «Versuch du, sie zu überzeugen», sagte er mit Blick auf die Tänzerin.

Decsi beugte sich zu Bea und sagte: «Ali schreibt eine Lobeshymne auf Sie, dass ganz Budapest davon spricht.»

«Nun ja», antwortete Bea, «heute Abend bin ich tatsächlich frei. Nachher haben wir Probe, aber die Aufführungen beginnen erst nächste Woche.»

«Wir können also auf Sie zählen.»

«Machst du Scherze?» Ali griff sich an den Kopf. «Wir treffen uns um fünf vorm Nádor und fertig. Wir fahren mit dem Auto und machen das Interview unterwegs.»

Vértes, der die Idee, Bea zu verführen, keineswegs aufgegeben hatte, nickte zustimmend.

«Genau. Nach London wird Ihnen ein bisschen Landluft ausgesprochen guttun.»

Decsi wandte sich an Ali. «Sag, was für ein Menü hast du bestellt?»

Hämisch grinsend sagte Vértes zu Bea: «Passen Sie gut auf. Jetzt kommt das Wichtigste. Zumindest für Ali.»

Ali versuchte gar nicht erst zu leugnen, dass er ein Schlemmer war. «Es gibt Wildschweinbraten mit Pilzen. Haller hat die Köchin des Pfarrers mit der Zubereitung beauftragt.»

In Beas Gegenwart war das Thema Essen allerdings eher von geringem Reiz. Sie gefiel allen vier Männern. Beke und Decsi waren nicht verheiratet, Vértes lebte getrennt von seiner Frau, und bei Ali wäre es nicht auszuschließen gewesen, dass er sich in eine der jüngeren Bewohnerinnen eines Altersheims verguckte. Und Bea bedeutete selbst für Bilderbuchfamilienväter eine Gefahr.

In der knappen Lederweste und den schwarzen Hosen sah sie aus wie ein Jockey. Die blonden Haare, die ihr wie ein Wasserfall auf die Schultern fielen, der lange Hals und der Busen, über dem sich die Weste spannte, machten jedoch auf eine sehr beunruhigende Weise auf ihre Weiblichkeit aufmerksam. Sie hatte einen großen Mund, eine Stupsnase und lebhafte, aquamarinblaue Augen, die sie meist hinter einer dunklen Sonnenbrille verbarg. Hin und wieder nahm sie die Brille ab und fuhr mit dem Bügel am

Mund entlang oder nuckelte an ihm. Dadurch glänzte er feucht, und Ali war anzusehen, dass er sich schon damit zufriedengegeben hätte, den Bügel zu vertilgen.

Beke befürchtete, dass die junge Tänzerin die Atmosphäre am Abend mit mehr Elektrizität als wünschenswert aufladen würde, wodurch es leicht zu einem Kurzschluss kommen könnte. Doch selbst wenn er die Rolle des Spielverderbers auf sich genommen hätte, so hätte er die anderen wohl kaum davon überzeugen können, die Einladung zurückzuziehen. Mit weiser Selbstbeherrschung wandte er sich ab und widmete sich statt dem aufreizenden Anblick der Weste lieber dem, was auf dem Tisch zu sehen war. Er betrachtete Vértes' Hände in den weißen Handschuhen und Decsis krummen Daumen, der ihm jetzt beinah gerade erschien. Beke schrieb das dem Gaukelspiel der Beleuchtung zu. Dennoch hätte er die Wahrheit gerne gekannt. Schließlich war es auch möglich, dass Decsi die kleine, aber charakteristische Deformation in den vergangenen Jahren durch einen chirurgischen Eingriff hatte beheben lassen. Wenn dem so war und er ihm den krummen Daumen nur vorspielte, bedeutete das, dass sein Freund Angst hatte und deshalb echter als echt wirken wollte.

«Was proben Sie gerade?», fragte Decsi Bea.

«Das *Ballo delle ingrate*», sagte Bea und warf ihm einen vertrauensvollen Blick zu, um ihm zu verstehen zu geben, dass er ihr von den Freunden am meisten gefiel. «Ich muss leider auch schon los», sagte sie, wobei sie ihre Puderdose zückte.

Ali stand auf und ging zum Tresen. «Haben Sie Aprikosenschnaps?»

In dem Moment beugte sich Bea plötzlich zu Beke hinüber und sagte: «Möglicherweise muss ich noch mit Ihnen reden.»

Heute schon die Zweite, dachte Beke und antwortete: «Ja, gerne.»

Ali setzte sich wieder. «Hört zu, ich muss unbedingt in der *Horizont*-Redaktion vorbeischauen. Ich sag euch, die machen mich noch verrückt mit ihren Druckfehlern.»

«Wir gehen auch los», sagte Bea und sprang auf.

Ali wandte sich an Decsi: «Was machst du?»

«Ich will herausfinden, weshalb ich in der Sechsten eine Fünf in Naturkunde bekommen habe.»

«Gehst du ins Gymnasium?»

«Ja.»

«Soweit ich weiß, ist Kökörcsin schon in Rente gegangen.»

«Das macht nichts, ich hatte auch noch andere mysteriöse Noten.»

Bea, die nichts mehr langweilte als Schülerhumor, warf sich die Tasche über die Schulter und tänzelte aus dem Libresszó.

«Mein lieber Schwan!», brummte Ali. «So eine Frau würde man unter Umständen sogar mit Gewalt ins Bett zerren. Na ja, ich meine, wenn sie sich nicht allzu sehr sträubt und es nur ein wenig männlicher Initiative bedarf. Wenn man sie nur ein bisschen drängen muss. Denn einen Lustmord würde ich dann doch nicht begehen wollen.»

«Das hoffe ich», sagte Beke.

Ali kippte den Schnaps hinunter und schlug sich gegen die Stirn. «Ich hab's! Heute Abend spielen wir ‹Mörder und Detektiv›.»

«Ich glaube, ich wäre eher für ein Pfänderspiel.»

In ihrer Jugend hatten sie oft «Mörder und Detektiv» gespielt, es war ein guter Vorwand, um sich im Dunkeln zu rangeln, um zu flirten. Man schrieb auf einen Zettel «Mörder», warf ihn zu den anderen in einen Hut, und wer ihn dann zog, musste im Dunkeln jemanden fangen und ihn «ermorden». Das Opfer stieß einen Schrei aus und legte sich auf den Boden. Daraufhin kam der «Detektiv» herein und begann mit den Ermittlungen.

Ali wurde von dieser Idee und dem Schnaps ganz schwindelig. «Weißt du noch, was für einen Spaß wir damals hatten? Ich erinnere mich, Flóra Neszmélyi und ich versteckten uns unterm Klavier, und ich küsste sie gerade, als du hereinkamst. Wenn du damals nicht das Licht angeschaltet hättest …»

«Heute Abend würden neben dir mit Sicherheit noch fünf weitere Männer unterm Klavier sitzen», erwiderte Beke und lachte.

Sie zahlten und verabschiedeten sich draußen vor der Buchhandlung.

«Bis um fünf.»

«Um fünf vorm Nádor.»

Das Wetter wurde augenscheinlich schlechter. Über dem Széchenyi-Platz kam die Sonne noch hin und wieder hervor, über dem Mecsek sammelten sich jedoch schon schwarze Wolken.

# 7.

Bea Nicky schlüpfte vor dem Umkleidespiegel aus ihrem Balletttrikot. Sie war gerade von der Bühne in die Umkleide gelaufen, und ihr vom Tanz erhitzter Körper ließ den Spiegel beschlagen. Die Muskeln noch angespannt von der Probe, versuchte sie, den Dunst mit einem *grand battement jeté* abzuwischen. Ihr durchgestreckter Fuß hinterließ jedoch nur zwei Streifen auf dem Spiegel. Daraufhin griff sie zum Trikot, um ihre Porzellanfigur zum Vorschein zu bringen. Sie hatte sich bei der Probe einige blaue Flecken zugezogen, aber angesichts ihrer makellosen Figur empfand sie tiefste Zufriedenheit. Hätte nur ihre letzte Pockenimpfung nicht so eine hässliche Narbe hinterlassen. Jedes Mal wenn sie sie betrachtete, verzog sie das Gesicht. Sie erinnerte sie an all ihre Schwierigkeiten. Die unbezahlten Kleider aus London, ihr gefährliches Verhältnis zum Apotheker. Und nun war auch noch dieser Ermittler aufgetaucht. Warum hatte sie ihn überhaupt angesprochen? Sie konnte sich zwar immer noch irgendeine dumme Ausrede ausdenken, aber Schwabik würde trotzdem wütend auf sie sein. Schließlich hatten sie sich geschworen, keinen Schritt ohne den anderen zu tun.

Plötzlich war sie ganz niedergeschlagen, nicht einmal über das Interview konnte sie sich freuen. Dabei war es das erste Mal, dass man über sie schreiben würde. Am Morgen war ihr gleich nach dem Aufwachen die Reportage eingefallen, und da hatte sie noch das Gefühl gehabt, ihr stünde ein glänzender Tag bevor. Jetzt fröstelte sie vor Anspannung, und ihr fehlte die Geduld, sich zu duschen. Rasch streifte sie die Strumpfhose ab und zog sich ihre Hose an. Sie beschloss, es sei das Beste, gleich in die Apotheke zu gehen und mit Schwabik zu reden.

Sie dachte an die Reportage, an das Stück, das sie probten, an ihren Beruf, der ihr mehr bedeutete als alles andere. Ein heftiger Wunsch packte sie, endlich ihre Ängste ablegen und wieder frei atmen zu können. Ja, sie würde sich nicht länger quälen, sondern dem Polizisten alles erzählen. Und dafür gäbe es wohl keinen besseren Zeitpunkt als diesen Abend.

Leider würde sie ihre Beichte mit den Kleidern aus London beginnen müssen. Genauer gesagt mit der alten Dame, die sie am Morgen des vorletzten Tages aufgesucht hatte. Damals konnte sie ihr Glück, dass ausgerechnet sie als Einzige aus dem Ensemble im Hotel geblieben war, gar nicht fassen. Und die Dame, gebürtig aus Pécs, war vor Freude außer sich, nach anderthalb Jahrzehnten im Ausland endlich jemanden aus ihrer Heimatstadt zu treffen. In ihrer Begeisterung nahm sie Bea gleich in ein nahegelegenes Kaufhaus mit. Sie schenkte ihr zwar nur einen Hut, bot ihr jedoch an, ihr alles zu kaufen, was Bea sich wünschte, sie müsse es nur in Raten zurückzahlen, sobald sie nach Ungarn zurückgekehrt wäre. Die Dame wollte auf diese Weise angeblich ihrer Freundin helfen, die in Pécs von einer schmalen Rente lebte und deshalb zusätzlich als Putzfrau und Kartenabreißerin im Theater arbeitete. Bea kannte und mochte Tante Irma, wie sie von allen genannt wurde, und nahm das Angebot an. Da sie die Sache für eine legale Angelegenheit hielt, hatte sie auch keinerlei Bedenken. Sie versprach, nach ihrer Rückkehr Tante Irma an jedem Ersten des Monats fünfhundert Forint zu geben und so innerhalb von zehn Monaten ihre Schulden zu begleichen.

Im Theater wurde gerade geputzt. Die Mitglieder des Ensembles verließen das Gebäude über den Zuschauerraum und den geöffneten Haupteingang. Aber da der Monatsanfang bereits eine Woche zurücklag, traute sich Bea nur hinter den Kulissen über die langen Gänge hinaus. Sie wollte der alten Frau nicht begegnen, die bisher lediglich zweihundert Forint von dem Geld ihrer Freundin gesehen hatte. Bea war keine gläubige Seele, dennoch überkam sie in letzter Zeit, wenn sie an Tante Irma dachte, das beklemmende Gefühl, dass es vielleicht doch einen Gott gab, allein schon, um die Schuldner mittelloser alter Frauen zu bestrafen. Als sie durch die Stadt lief, befürchtete sie, jeden Moment von einem Auto überfahren zu werden. Sie bezog zwar kein hohes Gehalt, hätte aber auch das ein oder andere Stück aus London verkaufen können, wenn sie wirklich die Absicht gehabt hätte, ihre Schulden zu begleichen. Bea waren die Sachen letzten Endes wichtiger als Tante Irma, und so kam es, dass sie sich nun vor ihr verstecken musste.

Die Freundinnen, die von der Angelegenheit wussten, verstanden ihr Verhalten nicht. Früher hatte Bea ihre Schulden, so geringfügig sie sein mochten, stets sofort zurückgezahlt, überhaupt bat sie selten jemanden um Geld, eher lieh sie anderen etwas. Natürlich war sie auch noch nie in solche finanziellen Geschäfte verwickelt gewesen.

«Da wäre es ja noch anständiger, wenn du für Geld mit jemandem schlafen würdest», sagte eine von ihnen.

Daraufhin antwortete Bea schnippisch: «Bist du blöd?

Eher würde ich die Krokodilledertasche verkaufen als mich selbst.»

Aber sie verkaufte die Tasche nicht, und Tante Irma beschwerte sich bei ihrer Freundin: «Mein Gott, dabei schien sie mir immer ein so liebenswertes Mädchen.»

Es war auch gar nicht Beas Charakter, der sich verändert hatte. Wäre sie der Dame damals in London nicht noch ein zweites Mal begegnet, hätte sie ihr Versprechen wahrscheinlich gehalten. Doch die alte Dame besuchte sie am letzten Tag noch einmal im Hotel. Und beim zweiten Treffen ging es nicht mehr nur um ein paar Pfund, sondern um ein ganzes Vermögen.

Bea atmete auf, als sie durch den Nebeneingang auf die Straße gelangte. Der kalte Wind presste ihr die Jacke an den Körper, während sie zur Apotheke eilte, um Schwabik – trotz seines Verbotes – zu besuchen und ihm ihre Entscheidung mitzuteilen: Sie würde dem Ermittler alles erzählen.

Wäre sie nicht schon früher gelegentlich in der Apotheke gewesen, hätte sie Schwabik nicht gekannt, oder wäre er ihr nicht sympathisch gewesen, hätte sie sich bestimmt nicht auf die Geschichte eingelassen. Doch der Mann gefiel ihr. Bea konnte sich Schwabik hervorragend am Deck einer Yacht vorstellen, wie er statt des weißen Apothekerkittels eine glänzend blaue Seemannsuniform trug. Wie wunderbar ihm eine Kapitänsmütze gestanden hätte! Sie sah in Schwabik einen «richtigen Mann», und das flößte ihr Vertrauen ein. Irgendwann hatte sie beschlossen, sich ihm anzuvertrauen. Und nun war Schwabik in der gleichen Zwickmühle wie sie und litt unter den gleichen Ängsten.

Natürlich war sie nicht die Einzige, die in verworrene

Angelegenheiten verstrickt war. Da war zum Beispiel Vértes. Es hätte sie nur ein Wort gekostet, ihn vor seinen Freunden zu kompromittieren. Und sie würde auch nicht den mildtätigen Engel spielen, nein. Zweitausend Forint müssten dabei schon für sie herausspringen. Das hatte sie ihm auch gesagt, als sie noch zu zweit waren.

Die Feier am Abend kam ihr nun nicht mehr nur wegen der Reportage, sondern auch wegen Beke gelegen. Zwar würde der Dicke – so nannte Bea Ali für sich – bestimmt versuchen, sie herumzukriegen, aber zum Glück wäre er nicht der einzige Kandidat. Bea hoffte, dass zu viele Köche den Brei, zumindest ihren eigenen, verderben würden. Andererseits versetzte sie die Vorstellung, dass an dem Abend gleich sechs Männer versuchen würden, in die Nähe des Londoner Samtrockes zu gelangen, in angenehme Aufregung. Wie immer, wenn sie sich mit zwischenmenschlichen Problemen auseinandersetzen musste, flüchtete sie sich in die Geborgenheit ihrer Schönheit, in den wohltuenden Selbstbetrug, dass jemandem, der so gut aussah und so begabt war wie sie, im Leben eigentlich nichts Schlimmes passieren konnte.

Auf dem Weg zur Apotheke dachte sie bereits an ihre Abendgarderobe. Sie musste noch ihren Unterrock bügeln. Und über die große Frage entscheiden, ob sie ihr schwarzes Samtkleid aus London oder doch das golddurchwirkte Abendkleid aus Warschau anziehen sollte.

# 8.

Sándor Schwabik leitete die Pécser Apotheke namens Erzengel seit zehn Jahren. Er hatte zwei Söhne, und abgesehen von der häufig aufflammenden Eifersucht seiner Frau führte er ein ruhiges Leben. Er spielte regelmäßig und gut Tennis – seinerzeit hatte er sogar ein paarmal Vértes' Neffen besiegt –, und an Sommertagen ging er in Mohács an der Donau angeln. Neben der Arbeit in der Apotheke war er auch ehrenamtlich tätig: Er gehörte zum Vorstand des lokalen Bezirksverbandes des Roten Kreuzes, gab Kurse in Erster Hilfe und hielt Aufklärungsvorträge zum Thema Gesundheit, vor allem in Dörfern mit schwäbischer Bevölkerung, da er hervorragend Deutsch sprach. Er war ein großer Mann mit einem etwas breiten, aber schön geschnittenen Gesicht und leicht ergrauten Schläfen, der stets einen frischen Kittel und eine sorgfältig gebundene Krawatte trug.

Die Schwierigkeiten hatten begonnen, als es ihm vor anderthalb Monaten während eines Tennis-Matches nicht gelingen wollte, seinem Gegner auf der anderen Seite des Platzes etwas zuzurufen. Ihm, dessen Stimme es mit Leichtigkeit über den Mohácser Donauzweig schaffte, wenn er sich bei den Anglern am anderen Ufer nach dem Fang erkundigen wollte. An jenem Abend musste er in Sellye einen Vortrag über die Bedeutung der Krebsvorsorge halten, war jedoch so heiser, dass er sich selbst kaum verstand. Er hörte sofort mit dem Rauchen auf, aber das half nichts. Am dritten Tag ging er zum Arzt, der ihn auch nicht beruhigen konnte. Später verbesserte sich sein Zustand ein wenig, und das unangenehme Gefühl, etwas schnüre ihm die Kehle zu, ließ nach. Doch zu dem Zeitpunkt hatte ihn bereits die Befürchtung ergriffen, er habe Kehlkopfkrebs. Er wollte seine Frau nicht mit der schrecklichen Vermutung beunruhigen – wobei er den Eindruck hatte, als ahne sie etwas –, aber die Angst zermarterte ihn von Tag zu Tag mehr, und er verlor zunehmend den Boden unter den Füßen.

In diesen ersten kritischen Tagen lernte er Bea Nicky kennen. Die unerwartete Liebenswürdigkeit der jungen Frau und ihre Annährung nährten nur seinen Glauben, das Schicksal offenbare ihm sein letztes Geschenk. Bea brachte aber nicht die Liebe in Schwabiks Leben, sondern das Londoner Geheimnis. Schwabik, dem seine Ruhe heilig war, hätte früher vielleicht sogar die Liebe zurückgewiesen. Nun, im schrecklichen Angesicht seines Todesurteils, wurde er jedoch zu einem Abenteurer; der Gedanke, dass nun alles egal war, entledigte ihn auch seines moralischen Schutzschildes. Er klammerte sich an das kostbare Geheimnis, das ihm Bea anvertraut hatte und das seine Rettung bedeuten oder zumindest seiner Familie ein sorgenfreies Leben bescheren könnte, sollte er tatsächlich das Zeitliche segnen. Vielleicht gab es ja in Amerika oder Schweden oder Gott weiß wo eine Klinik, in der man bereits mehr über diese grausame Krankheit wusste, die ihn zwang, sich im Alter von sechsunddreißig Jahren von seinen beiden Söhnen zu verabschieden. Nein, er würde sich nicht verabschieden. Als reicher Mann würde er diese Klinik aufsuchen können, selbst wenn sie sich am Ende der Welt befand. Er hatte ein Recht darauf zu leben; wenn es anders nicht ging, so außerhalb des Gesetzes, ja, er würde dafür sogar morden, so sehr wollte er leben, durch alle

Sünden und Gefahren gehen, um dem Tod zu entkommen! Jedes Mal wenn er den Punkt der tiefsten Verzweiflung erreichte, wo auch die letzten Hemmungen von ihm abfielen, ließ sein restlicher Verstand die Hoffnung aufblitzen, dass er, wie so viele, der Hypochondrie zum Opfer gefallen war. Und diese Hoffnung – verbunden mit den moralischen Zweifeln, die auch Bea hin und wieder beschlichen – hielt ihn davon ab zu handeln. Seit sechs Wochen zermürbten ihn nun diese Gedanken, haderte er mit sich und nahm dabei immer mehr ab, ob vom Krebs oder von der Nervosität, das wusste er selbst nicht. Die krankhafte Eifersucht seiner Frau setzte dem Ganzen die Krone auf.

Am nächsten Tag würde er allerdings schon mehr wissen. Diesmal wäre der Arzt, der die Gewebeprobe untersuchte, vielleicht ehrlich zu ihm. Schwabik hatte ihn darum gebeten, ihn bereits am Abend in Csalogány anzurufen, um ihm das Ergebnis mitzuteilen. Er machte es vom Untersuchungsergebnis abhängig, ob er Beke das Geheimnis verriet, in das ihn die Tänzerin eingeweiht hatte.

Größer als die Freude darüber, seine Freunde von früher wiederzutreffen, war sein Neid. Sein Neid gegenüber den Gesunden, die noch wer weiß wie viele Jahrzehnte zu leben hatten. Falls er jedoch eine gute Nachricht erhalten würde, so könnte diese den Abend zum schönsten seines Lebens machen. Schwabik, in einen beinah kindlichen Zustand versetzt, hätte am liebsten den Zeiger der alten Pendeluhr der Apotheke vorgedreht, um die Nachricht so bald wie möglich zu erfahren, dann wieder hätte er die Uhr am liebsten zerschmettert, um die ihm bemessene Zeit auf diese Art zu konservieren.

Es war halb zwei, als die alte Türklingel läutete und

Bea die kleine, altmodische Apotheke betrat. Ihr entschlossener Gesichtsausdruck und die Tatsache, dass sie ihr Versprechen gebrochen hatte und ihn hier besuchte, erstaunten und erzürnten ihn.

Ohne ein Wort des Grußes sagte Bea: «Ich habe beschlossen …»

«Nichts hast du beschlossen!», fuhr ihr Schwabik über den Mund.

Bea erschrak vor dem aufgebrachten, fast wahnsinnigen Blick und der Unerschrockenheit, die ihre eigene bei weitem übertraf. Ja, an die tödliche Entschlossenheit, die in diesem Moment in Schwabiks Augen aufblitzte, würde sie sich bis an ihr Lebensende erinnern.

«Du warst doch auch schon geneigt …», sagte sie mit schwacher Stimme.

«Aber nicht heute. Morgen wollte ich mit dir sprechen. Wenn wir schon anderthalb Monate gewartet haben, da …»

Plötzlich wurde Schwabik ganz freundlich. «Sie sollten nicht so viel Glyzerin verwenden.»

Mit einem gezwungenen Lächeln drehte sich Bea zu dem eintretenden Kunden um. Es war Beke. Schwabik fuhr ungestört fort: «Das trocknet Ihre Haut aus. Ich empfehle Ihnen etwas anderes …» Zerstreut wandte er sich an Beke. «Was wünschen Sie?»

«Eine Packung Valium, bitte.»

«Haben Sie ein Rezept?»

«Das habe ich in Budapest vergessen.»

«Es tut mir außerordentlich leid, aber ohne Rezept kann ich es Ihnen nicht verkaufen.»

«Dann muss ich Sie um das Beschwerdebuch bitten.»

Bei diesem Satz sah sich Schwabik den mittelgroßen Mann mit dem asketischen Gesicht, der ihn mit seinen grauen Augen so spöttisch und zugleich fröhlich anblickte, als würde er ihm einen Bären aufbinden wollen, etwas genauer an. Im nächsten Augenblick rannte er dann hinter der Ladentheke hervor und umarmte ihn. «Mensch, Laci!»

«Zu spät, mein Guter. Das wird im Beschwerdebuch des ‹Fledermaus-Ordens› festgehalten. Wenn du mich schon nach fünfzehn Jahren nicht mehr erkennst, was wird dann erst in zweihundert?»

Bekes scherzhafte Bemerkung, mit der er auf die Unsterblichkeit der «Goldenen Fledermäuse» anspielte, schnürte Schwabik die Kehle zu. Ich habe vielleicht nicht einmal mehr zwei Jahre zu leben, dachte er.

Bea sah die beiden verstört an und war nun vollkommen ratlos.

Wieder läutete es, und nun betrat Ali Baksay die Apotheke.

Ihn erkannte Schwabik sofort. Jedoch überkam ihn angesichts von Alis Beleibtheit, seinen rosigen Wangen und dem fröhlichen Gesicht wieder nur Todesangst.

Die Überschwänglichkeit, mit der er sie ermunterte, ihm ins Bereitschaftszimmer zu folgen, um ihnen, nach altem Apothekerbrauch, seine selbstgebrannten Liköre anzubieten, ließ nicht erahnen, wie gering seine Freude über den unerwarteten Besuch war.

«Márta verbringt heute den ganzen Tag beim Friseur», sagte er, «sonst würde ich euch nicht eher gehen lassen, bis ihr bei uns zu Mittag gegessen habt.»

Ali und Beke antworteten, bei Schwabiks Likören handele es sich wahrscheinlich um schrecklich gepanschtes Zeug, daher würden sie sich statt des Mittagessens ohnehin um eine Magenspülung kümmern müssen.

Bea kicherte gequält. Die Wohnung, an die sie so oft dachte, das Zuhause der Frau, von der sie wusste, dass sie sie, trotz ihrer vorgetäuschten Freundlichkeit, am liebsten den gesamten Apothekenvorrat an Rizinusöl trinken lassen würde, empfand sie als äußerst bedrückend; so musste es einem Mörder gehen, den der Zufall an den Schauplatz seiner Tat zurückführte. Sie lobte den Kümmellikör, bedankte sich rasch für die Gastfreundschaft und sagte, sie müsse nun gehen, da sie mit einer Freundin verabredet sei. Das stimmte sogar. Ali wollte sie jedoch nicht so einfach entlassen und bot ihr an, sie zu begleiten. Beke stand ebenfalls auf, auch er hatte noch etwas zu erledigen.

Schwabik hielt sie nicht zurück, denn in der Apotheke warteten bereits drei Kunden auf ihn. Alis Angebot, seine Frau mit dem Auto zu Haller mitzunehmen, wies er zurück und sagte, Márta, Beke und er würden mit dem Bus fahren. Dann echauffierte er sich kurz über die verleumderischen Bemerkungen bezüglich seiner Liköre und verabschiedete sich lachend von ihnen.

Vor der Apotheke trennte sich dann auch Beke von den anderen. Nach ein paar Metern blickte er zurück, um zu sehen, ob Ali und Bea bereits zwischen den Passanten verschwunden waren. Dann ging er mit schnellen Schritten zum Polizeikommissariat. Wenn er sich beeilte, würde er vor fünf vielleicht doch noch ein wenig schlafen können.

# 9.

«Ich bräuchte die Personalien der Ehefrau von Károly Haller», sagte er zum Leiter der Meldebehörde, nachdem er sich vorgestellt und ausgewiesen hatte.

Er wollte ein verwirrendes Detail der von Haller erhaltenen Einladung klären. Aus dessen Beschreibung konnte er nur darauf schließen, dass er ihren gemeinsamen Schwarm aus der Schulzeit, Emmi Schweller, geheiratet hatte. Im Brief stand jedoch ein anderer Name.

Nun hatte er die Dokumente vor sich liegen.

Frau Haller, Mädchenname Magdolna Hevesi, geboren 1927 in Deesch. Personenbeschreibung: mittelgroß, ovales Gesicht, grüne Augen, rote Haare. Auf dem Foto des Passierscheins erkannte Beke sofort die junge Frau, die er am Morgen vom Fenster des Restaurants aus gesehen hatte und die allen Anzeichen nach an diesem Abend seine Gastgeberin sein würde. Mehr wollte er gar nicht wissen. Da er in der Spionageabwehr tätig war, sagte er vorsichtshalber, er wolle unter keinen Umständen, dass seine Nachfrage Frau Haller in ein schlechtes Licht rücke. Dann bedankte er sich für die Auskunft und verließ das Polizeikommissariat.

Er wollte ein Taxi nehmen, damit er noch ausreichend Schlaf bekam, um in dieser Nacht möglichst wach zu sein. Wobei dies nach dem aktuellen Stand der Dinge nicht unbedingt notwendig zu sein schien. Jemand wie er fand natürlich immer und überall etwas Verdächtiges. Auch hier gab es einiges, das ihn nachdenklich stimmte: das Geheimnis um den Mädchennamen von Hallers Frau, das seltsame, nichts Gutes verheißende Verhalten von Schwabiks Frau und die Bitte der Tänzerin, ihn unter vier Augen zu sprechen.

Der Taxistand war leer. Beke blickte auf die Uhr und schaute sich dann ungeduldig um. Er stand vor einer Sparkassenfiliale, und durch das große Glasfenster konnte er die Kunden, die am Schalter anstanden, genau beobachten. Unter ihnen erkannte er Vértes, der einen so andächtigen Gesichtsausdruck hatte, als würde er gleich das Abendmahl empfangen. Wofür hatte er wohl sein Geld ausgegeben, und was hatte ihn veranlasst, die Bank aufzusuchen, um hier eine unbekannte Summe abzuheben? Beke wollte das später herausfinden und sah es als vernünftiger an, unbemerkt aus der Gegend zu verschwinden. Zum Glück kam in diesem Augenblick gerade ein Taxi.

«Ins Mädchengymnasium», sagte er zum Fahrer, sobald er eingestiegen war.

Auf die Stadt prasselte Herbstregen nieder; als sie die Schule erreichten, spülten bereits kleine Bäche Zweige und Blätter die steilen Straßen hinunter.

Beke bezahlte die Fahrt und lief die Treppe hinauf.

Hatte er sich zu sehr daran gewöhnt, vorsichtig zu sein? Oder war es die Unbeholfenheit von damals, die ihn hier überkam? Er bewegte sich in den Schulgängen, als ginge er zwischen lauter schlafenden Mädchen in einem Internatsschlafsaal umher. Die Mädchen von einst blickten nachdenklich von den Fotografien an den Wänden in einen Frühling, in dem sie von der Matrosenbluse Abschied genommen hatten. Am Ende des Ganges, neben der geöffneten Tür der leeren Sporthalle, blieb Beke stehen, als wollte er den prickelnden Duft einatmen. Er betrachtete jedoch nicht die Sprossenwände, sondern blickte in den Quergang. Dort hingen, seines Wissens nach, die Fotografien der Mädchen aus dem Abiturjahrgang 1945.

In diesem Augenblick wandte sich Decsi von den Fotografien ab und lief zum Ausgang.

Klopfenden Herzens ging Beke zu den Bildern. Es war, als läse er die Mädchennamen eines Gedichtes von Francis Jammes: Orsolya Carletter … Piroska Prágfy … Kati Bodroghy. Und dann unter dem Porträt von Hallers Frau der geheimnisvolle Name Emmi Schweller.

Auch Decsi beunruhigte aller Wahrscheinlichkeit nach das Rätsel um diesen Namen, woraus Beke den Schluss zog, dass es um die seelische Verfassung seines Freundes wirklich nicht gut stand. Nachdenklich strich er über den hallenden Gang.

Als er im Hotel ankam, war Decsis Schlüssel nicht mehr an der Rezeption.

«Der Herr Doktor ist soeben zurückgekehrt und hat seine Rechnung beglichen», sagte der Portier.

«Wollte er geweckt werden?»

«Nein.»

Geräuschvoll blieb der Fahrstuhl in der zweiten Etage stehen; Beke lief auf dem Weg zum Zimmer 256 an Decsis Tür vorbei. Sollte er bei ihm anklopfen? Nein, das wäre unhöflich. Respektiere deines Nächsten Ruhe, dachte er.

Er war dabei selbst nicht ganz ruhig. Als er sein Zimmer betreten hatte und die Tür von innen zuschloss, schoss ihm der Gedanke durch den Kopf: Was, wenn Decsi die Freunde im Stich ließ und aus dem Nádor verschwand, während er hier friedlich schlummerte? Es wäre auf jeden Fall unangenehm, da er ihn ja benötigte. Genauso konnte es aber auch passieren, dass die Frau des Arztes von Csalogány verschwand …

Während Beke Pyjama und Hausschuhe anzog und seinen Rasierapparat säuberte, stellte er sich seltsame Fragen. Schließlich überprüfte er, einer plötzlichen Eingebung folgend, seine Zbrojovka 6.35. Die glänzenden Patronen mit den gelben Spitzen saßen nebeneinander im Patronenlager und warteten darauf, ob dieser idyllische Abend ihnen einen unfreundlichen Gast bescheren würde. Beke wollte sie gerne vollzählig wieder aus Csalogány mitbringen.

Er streckte sich, sprang ins Bett, und einige Minuten später schlief er bereits fest.

## 10.

Vom Fenster der Arztpraxis von Csalogány hatte man einen schönen Ausblick auf den herbstlichen Garten und den dahinterliegenden dunklen Wald am Berghang, wo zwischen den Bäumen hier und da die Bohrtürme der Uranforscher herausragten.

Das Behandlungszimmer hingegen war ausgesprochen bescheiden. Der winzige Instrumentenschrank, der Zahnarztstuhl, von dem bereits der Lack abgeblättert war, die mit einer vergilbten Plastikdecke überzogene Liege und der kleine, weiß gestrichene Weichholztisch mit den vielen Zettelkästen: Decsi würde ihn gewiss belächeln. Zum ersten Mal betrachtete Haller seinen Arbeitsplatz mit dem Auge eines Fremden, mit der vermeintlichen Blasiertheit eines erfolgreicheren Kollegen.

Er hatte jedoch wenig Zeit, darüber zu grübeln, da er die Sprechstunde beenden wollte. Draußen kündigte sich Regen an, und er wollte noch in den Wald gehen, um Pilze zu sammeln. Magda brachte für den Schweinebraten zwar aus Pécs Pilze vom Markt mit, aber er ging davon aus, dass auch die, die er sammelte, Verwendung finden würden.

«Ist noch jemand da?», fragte er seine Sprechstundenhilfe.

«Herr Zàger ...»

«Ach, du lieber Himmel!»

Der letzte Patient war ein gewiefter alter Bauer, dem, als er nach der Gründung der LPGs eine Sozialversicherung erhielt, der elegante Einfall kam, geisteskrank zu sein. Da keines von Herrn Zágers Kindern Jurist, Pädagoge oder Arzt geworden war, konnte sich Haller nicht erklären, wie der kerngesunde alte Mann auf den Begriff «Schizophrenie» gekommen war. Auf jeden Fall hielt er ihn offenbar für sehr wirkungsvoll. Haller schickte seinen Patienten jedoch lieber zur Apfelernte als ins Sanatorium im Mátragebirge, wohin sich Herr Záger so sehr sehnte. Dort arbeitete sein Sohn als Koch.

«Helfen Sie den Mädchen beim Apfelpflücken, oder stellen Sie sich wenigstens unter ihren Rock und halten Sie ihnen die Leiter. Sie werden sehen, dann bekommen Sie gleich bessere Laune.»

«Ich bestimmt nicht mehr», sagte der Alte kopfschüttelnd. «Höchstens noch von Valium. Das vertreibt die Angst.»

«Und vor mir fürchten Sie sich nicht?»

Der Alte zuckte mit den Achseln und sagte: «Manchmal.»

«Nun machen Sie, dass Sie verschwinden, sonst werde ich ungemütlich», sagte die Sprechstundenhilfe bestimmt.

Den Kampf mit dem Arzt hätte Herr Záger noch eine Weile fortgeführt, gegen die alte Jungfer – wie er sie insgeheim nannte – traute er sich jedoch nicht, sich aufzulehnen. Die brachte es fertig und verpfiff ihn noch im LPG-Büro! Er nahm das Rezept und seinen Hut und schlich sich aus der Praxis.

Die Hände in Gebetshaltung, sagte Haller: «Ich danke Ihnen, Stefi.»

Die junge Frau winkte ab und vergrub ihr Gesicht in den Karteikarten. Von dort aus fragte sie: «Was sagen Sie zu meiner neuen Frisur?»

«Stimmt ja! Mit diesen kurzen Haaren sehen Sie aus wie eine Heldin aus einem Roman von Sagan.»

«War es also das, was Sie meinten?»

«So ungefähr … Wenn ich schon meine Frau nicht dazu überreden kann, ihren Knoten abschneiden zu lassen, heißen wenigstens Sie meinen Geschmack gut.»

«Wenn es Sie glücklich macht.»

Um bei der Feier am Abend eine gute Figur abzugeben, hatte Stefi den gesamten Vormittag beim Friseur in Pécs verbracht, und nun musste sie die Papiere ordnen und die administrativen Lücken schließen. Haller sagte, sie solle, wenn sie fertig sei, den Schlüssel hinterm Vogelhäuschen verstecken, und ging dann in die Küche, um einen Korb für die Pilze zu holen.

Auf dem Herd kochte bereits der Höhepunkt des Abendessens, Alis Hauptreisegrund, der Wildschweinbraten. Zumindest behauptete Ali, er sei in erster Linie wegen des Bratens gekommen. Tante Lizi, deren Kochkünste im ganzen Dorf bekannt waren, hatte alles für das Festessen vorbereitet und ging nun nach Hause, damit auch der Pfarrer sein Mittagessen bekam. Haller vereinbarte mit ihr, dass sie um halb acht wieder da sei.

Die Türen der drei geräumigen, miteinander verbundenen Zimmer standen offen, und in allen glühten die mit großen knackenden und knisternden Holzscheiten beheizten Kachelöfen. Die Wohnung war von einer nach Harz duftenden Wärme erfüllt.

Bei seinem Rundgang fand Haller alles in Ordnung. Er hängte den weißen Kittel an den Garderobenhaken im Flur und ging mit dem Korb in der Hand über den Obstgarten hinterm Haus zum Wald.

Das Dorf lag auf einer Höhe von vierhundert Metern im Mecsek, und das Haus des Arztes stand am höchsten Punkt der Gemeinde. Hinter dem Garten und einer schmalen Wiese begann auf einem sanften Hang bereits der Wald. Kein Wunder also, dass sich das hungrige Wild ab und an auf Hallers Grundstück verirrte; im frischen Schnee war mal die Fährte einer Wildsau, mal die eines Rehs zu sehen. Und im vergangenen Winter hatte Haller in einer außergewöhnlich kalten Nacht einen unerwarteten Besucher erblickt. Wegen der Schneeverwehungen fuhr der Bus nicht mehr, deshalb war seine Frau in Pécs bei ihrer Mutter geblieben, und im Haus schlief außer Haller nur das alte Hausmädchen. Haller hörte bis Mitternacht Radio und ging dann in die Küche, um noch eine Kleinigkeit zu essen. Er trat ans Fenster, und da erblickte er im Schatten eines Apfelbaumes auf dem mondbeschienenen Schnee den Wolf. Natürlich kann es auch ein streunender Hund gewesen sein, Haller konnte es nicht deutlich erkennen, da sich durch das Licht in der Küche sein Gesicht im Fensterglas spiegelte und er das Tier nur durch diese Spiegelung hindurch sah. Als er das Licht ausschaltete, war der Wolf bereits aus dem Garten verschwunden. In den nächsten Tagen stellte sich heraus, dass sich wirklich Wölfe im Mecsek herumgetrieben hatten, einige von ihnen wurden erschossen, es stand sogar in der Zeitung. Haller ärgerte sich immer noch, dass er die seltene Beute hatte entkommen lassen.

Im Winter war er öfter mal allein, seine Frau blieb nicht nur wegen des Schnees in Pécs, manchmal ging sie auch ins Theater oder ins Konzert, und da fand sie es bequemer, bei ihrer Mutter zu übernachten. Auf Rozi, das Hausmädchen, das vier Jahre lang bei ihnen gedient hatte und alle Grillen ihres Herrn kannte, musste Magda nicht eifersüchtig sein, obwohl Haller oft sagte, als Witwer würde er sie heiraten. Die alte Rozi hatte jedoch nicht auf ihn gewartet und war vor einigen Wochen an einem Schlaganfall gestorben. Seitdem hatten Haller und seine Frau noch keinen Ersatz für sie gefunden.

Das Abenteuer mit dem Wolf – wenn man es denn ein Abenteuer nennen kann – würde guten Gesprächsstoff liefern, es würde vor allem die Phantasie seiner Budapester Freunde kitzeln, in der Nacht im Garten womöglich einem Wolf zu begegnen. Haller beschloss, noch eine Wildkatze hinzuzudichten, damit sich die Großstadtliteraten so richtig schön gruselten.

Ali gehörte nicht zu den feinsinnigen Gästen und war daher gar nicht auf die Idee gekommen, Haller anzurufen, um ihm mitzuteilen, dass er bereits eine «Wildkatze», in Gestalt einer Tänzerin, aus Pécs mitbringen würde. Daher rechnete Haller mit sieben Gästen. Wir werden genau neun Personen sein. Da letztes Jahr einige der kleinen Teller zerbrochen sind, ist diese Zahl hinsichtlich des Tafelservices ideal, dachte er mit dem Zynismus eines an Einsamkeit gewöhnten Menschen. Brauchte er denn jemanden? Er schöpfte Ruhe aus den Farben und der Stille des Waldes und empfand es als Glück, sich jeden Tag am Herbst erfreuen zu können. Im Winter würde er, während sich die Stadtmenschen in der Straßenbahn drängten, wieder von einem Einödhof zum anderen reiten, um seine Patienten zu besuchen, so eigenständig wie ein Kapitän, der mit seinem Schiff von Insel zu Insel fährt. Er suchte den Wald ab, ließ einige majestätische Schirmlinge stehen und fing einen großen Hirschkäfer. Er wickelte ihn in sein Taschentuch, um ihn am nächsten Morgen Schwabiks Söhnen nach Pécs zu schicken.

Der Korb war erst halbvoll, als der Regen plötzlich in dicken Tropfen auf die trockenen Blätter zu trommeln begann. Haller war es gewohnt, nass zu werden, und auch jetzt unterbrach er die Pilzsuche nicht, er stellte nur den Kragen seines Jacketts auf. In Gedanken wünschte er seinen Freunden, ein wenig gehässig, eine angenehme Reise. Ich wette, dachte er, der Schlamm auf der Straße wird so tief sein, dass sie alle hundert Meter aussteigen müssen, um das Auto anzuschieben. Vielleicht tragen sie es ab der halben Strecke auch einfach.

# 11.

Als Stefi Filipp den Regen bemerkte, legte sie ihre Arbeit beiseite, zog sich den Mantel an, schloss die Haustür und rannte mit Hallers Überzieher zum Wald.

Eigentlich war sie zu stolz, ihrem Chef derlei Dienste zu erweisen. Aber heute wollte sie sich diese Aufmerksamkeit genehmigen, weil er sie eingeladen hatte. Sie konnte und wollte gar nicht verheimlichen, dass sie sich darüber freute. Die Einladung rückte auch ihren freien Vormittag in ein anderes Licht: Aus der Gunst des Chefs war ein freundschaftlicher Gefallen geworden.

Stefi war über dreißig, im Dorf galt sie bereits als alte Jungfer. Dabei war ihrem Wesen die bei alternden Frauen zu beobachtende Ergebenheit und Gefälligkeit Männern gegenüber völlig fremd. Ihr schmales, elfenbeinfarbenes Gesicht war vom Ernst eines Mädchens gekennzeichnet, ihr Blick stechend, ihre Bewegungen leicht und diszipliniert wie die einer jungen Sportlehrerin. Sie sah nicht älter aus als fünfundzwanzig.

Im Gegensatz zu den Beamtinnen im Dorf äffte Stefi nicht die städtische Mode nach. Im Hintergrund dieser puritanischen Einstellung stand keine dörfliche Schlichtheit oder gar Anspruchslosigkeit. Diese Haltung sollte überlegene Gleichgültigkeit vermitteln. In ihrer abgewetzten Wildlederjacke, ihren grob gestrickten Pullovern und gebrauchten Röcken aus ausländischen Lieferungen erinnerte sie an die Magnatentöchter, die in den fünfziger Jahren zu körperlicher Arbeit gezwungen worden waren. Die neue Jeanne-d'Arc-Frisur passte in der Tat gut zu ihr.

Stefi war eine Lehrerstochter, die durch die Bekanntschaft eines Jungen für kurze Zeit mit der damaligen Jeunesse dorée in Verbindung gekommen war. Später verließ der junge Mann das Land, Stefi bekam jedoch aus dem Ausland noch eine Weile Liebesbriefe von ihm. Irgendwann war aber jeglicher Kontakt zwischen ihnen abgebrochen.

Objektive Bekannte Stefis waren der Meinung, sie hielte sich für besser, als sie war. Die Schule schwänzte sie häufig mit der Ausrede, sie habe Kopfschmerzen, und die Mädchen aus Komló, mit denen sie jahrelang Sport trieb, nannten sie wegen ihrer Zimperlichkeit «Weichspielerin». Stefi fand auf dem Sportplatz die zwanglose Möglichkeit, ihren wohlgeformten Körper zu zeigen, ohne dass man ihr weibliche Eitelkeit hätte zum Vorwurf machen können. Der Wettkampf interessierte sie nicht.

Haller profitierte bei ihrer Arbeit eher von Stefis energischem Auftreten als von ihrer Sorgfalt. Sie beschleunigte die Sprechstunde, beendete jeden überflüssigen Wortschwall, hielt streng die Reihenfolge ein und brachte selbst die schamhaftesten Frauen innerhalb von Sekunden dazu, sich zu entkleiden. Die Kanülen waren nicht immer einwandfrei desinfiziert, aber Stefi bereitete sie stets blitzschnell vor und ging ihrem Chef geschickt zur Hand.

Es gab auch keine Reibereien zwischen ihnen. Sie respektierten gegenseitig die Verschlossenheit des anderen und begegneten sich mit kühlem Gleichmut. Ihr Umgangston hatte erst heute eine etwas wärmere Note erhalten, als Haller ihr nicht ohne Ironie berichtete, wen er zu Besuch erwartete. Vor allem Ali und Vértes lieferten Grund für Scherze. Stefi erwiderte Hallers Offenheit mit einer ungewohnten schulmädchenhaften Heiterkeit, obgleich sie sich über ihren Chef wunderte.

Der einzig heikle Punkt war Bekes Person. Stefi hatte sich irgendwann einmal durch die in ihrer Einsamkeit angestaute Verbitterung und Abenteuerlust zu einem kapriziösen Schritt hinreißen lassen. Kurz nachdem die Briefe von ihrem Verehrer ausblieben, meldete sie sich bei der Polizei, um als Inoffizielle Mitarbeiterin für den Staat zu spionieren. Sie würde jede Gefahr, jedes Risiko eingehen, man solle sie nur auf die Probe stellen. Der Polizist lehnte das Angebot freundlich, aber bestimmt ab. Um ihre Bereitschaft zu beweisen, unternahm Stefi einen weiteren Versuch und zeigte jemanden aus ihrem Dorf wegen unerlaubten Schnapsbrennens an. Aber auch damit erreichte sie nichts. Als auch sie schon ihre Naivität eingesehen hatte, das innere Versagen, das sie in diese dubiose Geschichte gerissen hatte, wurde die Angelegenheit irgendwie publik, und Hallers Frau fragte sie: «Sag mal, Stefi, kennst du die Bibel? Ich frage nur, weil du manchmal ein Kreuz um den Hals trägst.»

«Ja.»

«Es gibt eine Passage, die zu lesen ich dir besonders empfehlen möchte.»

«Ich höre.»

«Nicht, wer es will, nicht, wer danach rennt, sondern der, den Gottes Gnade auserwählt hat. So lautet sie, glaube ich.»

Haller hielt das für einen geschmacklosen Scherz und sagte zu seiner Frau: «Du weißt, ich bin nicht gläubig, aber ich hasse es, wenn jemand die Heilige Schrift für Sticheleien missbraucht.»

Stefi war Haller für diese Bemerkung noch lange dankbar.

Davon abgesehen hatte Haller Beke nur kurz erwähnt. «Ich glaube, er arbeitet bei der Sittenpolizei», sagte er. Und dann fragte er, um die Unterhaltung abzuschließen, ob noch jemand im Wartezimmer sei. «Herr Záger», antwortete Stefi.

Als sie jetzt zum Wald rannte, wurde sie ziemlich nass, kümmerte sich jedoch nicht um den Regen. Und ihr Chef, den solch nett gemeinte Gesten für gewöhnlich gestört hätten, nahm dankbar seinen Mantel entgegen und sagte zu ihr: «Wenn Sie schon da sind, können Sie mir auch ruhig helfen.»

Als Stefi sich hinhockte, blitzte unter ihrem kurzen Rock ihre geschmeidige, helle Haut hervor und verströmte einen süßen, warmen Duft. Der Arzt konnte dem Impuls nicht widerstehen, ihr, als er sich über sie beugte, flüchtig über den Kopf zu streichen, um den sie ein Tuch gebunden hatte. Diese eher zärtliche als sinnliche Geste hatte sie womöglich nicht einmal bemerkt. Sie stand auf und ging weiter.

Haller hätte nicht zu sagen vermocht, ob er mit Stefi eine Affäre eingehen könnte, und wenn ja, welchen Preis er dafür zahlen müsste. Vielleicht hätte sie es nur als gesundheitlichen Dienst angesehen, es war jedoch nicht ausgeschlossen, dass sie versucht hätte, ihn und seine Frau auseinanderzubringen. Die Sache mit dem Schnapsbrenner mahnte ihn zumindest zur Vorsicht. Er wollte keine Verwicklungen, vor allem nicht, solange er auf dem Land lebte. Magda war zu anziehend und klug, als dass es sich gelohnt hätte, sie zu betrügen. Haller hatte Stefi nur eingeladen, damit es mehr hübsche Frauen in der Runde gab und sie, sollte ihnen der nostalgische Gesprächsstoff ausgehen, die Zeit auf angenehme Weise totschlagen konnten. Es gibt nichts Gefährlicheres, als wenn man der Gesellschaft alter Freunde überdrüssig wurde und hinter den schönen Erinnerungen die Zwistigkeiten und Kränkungen von einst zum Vorschein kommen. Ungefährlich ist es aber auch nicht, wenn die Frauen die Anwesenheit der Freunde ausnutzen, um Familienstreite aufzudecken und vors Schiedsgericht zu bringen. Denn die gab es sowohl bei ihnen als auch bei den Schwabiks.

Als Stefi nur einmal nieste, bereitete Haller, der es bereits bereut hatte, ihr über den Kopf gestrichen zu haben, der Waldidylle ein Ende: «Es reicht, laufen Sie schnell nach Hause, sonst bekommen Sie bis heute Abend noch Fieber. Ich traue Ihrem Sachverstand ohnehin nicht. Am Ende werfen Sie mir einen Satanspilz in den Korb.»

«Das wäre ja furchtbar! Ihre Schriftstellerfreunde scheinen ja sowieso schon vom Teufel besessen zu sein», sagte Stefi lachend, ihr regennasses Gesicht dem Arzt zugewandt.

Auf der Landstraße ertönte die Hupe des aus Pécs eintreffenden Busses. Als sie diese hörten, wurden sie beide plötzlich ernst.

«Gehen Sie auch rein. Sie sind triefnass, Sie werden Ihre Frau noch zu Tode erschrecken.»

Stefi lief durch den Wald zurück ins Haus und Haller zur Wiese, wobei er auf dem feuchten, glitschigen Laub mehrmals ausrutschte.

Seine Frau hatte gesagt, sie würde mit diesem Bus kommen.

# 12.

Zum Abschied an der Busstation küsste Magda Andrzej auf die Wange. Es waren genug Bekannte um sie, damit der freundschaftliche Kuss Anlass für Tratsch gab und die «freizügige Frau Haller» im Bus mit verstohlenen Blicken beäugt wurde. Von Andrzej nahm man schließlich nicht an, er gehöre zur Verwandtschaft, das wäre schon wegen seines fremden Akzents unwahrscheinlich gewesen.

Was Magda jedoch mehr leidtat, war, dass sie nicht netter zu Andrzej gewesen war. Er hatte zwar beschlossen, erst am nächsten Mittag abzufahren, also könnten sie sich noch kurz treffen, dennoch hätte dieser Vormittag besser gelingen können. Sie hatte sich zum Beispiel überhaupt nicht nach seiner Arbeit am Institut erkundigt. Andrzej hatte das womöglich als Diskretion aufgefasst, aber übertriebene Diskretion ist unter Umständen verdächtig. Sie lässt leicht auf Gleichgültigkeit, Oberflächlichkeit oder wer weiß was schließen. Und für Magda war es wichtig, dass Andrzej sie mochte.

Hätten sie sich nicht an dem Tag getroffen, an dem das Treffen der alten Schulfreunde stattfinden sollte, hätte der junge polnische Wissenschaftler Magdas volle Aufmerksamkeit genossen. Denn das Leben bot ihr vielleicht nie wieder solch eine Beziehung an. Heute war sie jedoch zu nervös, um die ideale Gesellschaft für Andrzej zu sein. Nervös aus vielerlei Gründen.

Die Jungen, die ihr vor dem Abitur allesamt den Hof gemacht hatten, die sie damals so geschickt, aber freudlos um den Finger gewickelt hatte, würden sie bestimmt für alt befinden. Man würde an ihr suchen, was die Jahre mit sich genommen hatten. Und was sie gebracht hatten, das ging nur sie selbst etwas an.

Magda war es nicht egal, was für ein Bild ihre Verehrer von einst von ihr haben würden. Sie betrachtete dieses Treffen als eine Art Prüfstein, und daher beschäftigte es sie im Augenblick mehr als Andrzejs Zuneigung, die ihr zwar viel bedeutete, aber auf einem anderen Blatt stand. Die Prüfung, die sie vor Ali und den anderen ablegen wollte, war die der Jugend. Und das wäre im Alter von sechsunddreißig Jahren für alle Frauen eine empfindliche Angelegenheit.

Sie hatte aber noch einen schwerwiegenderen Grund, angespannt zu sein. An diesem Abend, an dem sie zum ersten Mal vor der Truppe von damals als Hallers Ehefrau auftreten würde, würde sie sich auch mit ihrer Ehe auseinandersetzen müssen. Nun würde sich herausstellen, ob sie wirklich zusammengehörten. Und das war die andere, wichtigere Prüfung.

Sie hatten 1957 geheiratet, nachdem Magda aus der kurzen Emigration zurückgekehrt war und sie sich zufällig wieder über den Weg gelaufen waren. Haller hatte bis zu dem Zeitpunkt in der Budapester Zentrale des Roten Kreuzes gearbeitet. Aber nach der Niederschlagung des Aufstandes von 1956 wollte er – wie er sagte, wegen einer inneren Krise – der Welt den Rücken kehren, sich in seinen Beruf zurückziehen und sich außer Mozart- und Beethoven-Platten höchstens noch anhören, wie der Wind vom Mecsek durch den Kachelofen pfiff. Dazu brauchte er natürlich eine Frau, wollte er in den Augen der Dorfbewohner, aber auch in seinen eigenen, doch nicht zu einem erschreckenden Eremiten werden.

Zunächst war Haller dagegen, dass Magda ein Kind bekam, und begründete dies mit ihrer früheren Tuberkulose. Später wollte sie – vielleicht wegen der beiden ihr aufgezwungenen Abtreibungen – kein Kind mehr. Und nun wusste sie selbst nicht mehr, ob sie noch gesund war. Dabei hinterließ die Kinderlosigkeit eine Leere in ihrem Haus, die sie nur schwer vor den alten Freunden würden verbergen können, sie stellte ihre ganze Ehe in Frage. Ja, es machte sie verdächtig und würde die Frage erzwingen, weshalb sie überhaupt lebten, was für Menschen sie seien. Eine Frage, auf die sie bisher nur sich selbst eine Antwort gegeben hatten, einander aber schuldig blieben. Der Hauptgrund, warum Magda in Andrzejs Gesellschaft so nervös und zerstreut gewesen war, lag in ebendieser Frage. Was, wenn sie sie einander an diesem Abend, vor den anderen würden beantworten müssen?

Nachdem sie den Abend in den vergangenen Tagen unzählige Male im Kopf durchgegangen war, kehrte sie in Gedanken nun zu Andrzej zurück. Wie rührend er mit seinem trotz des fremden Akzentes dialektgefärbten Ungarisch war, das er in Warschau von einem Jungen aus Siebenbürgen gelernt hatte und das sie an ihre Kindheit erinnerte. Sie hatte seine ritterlichen Bemühungen mit der unbewussten Selbstgefälligkeit einer schönen Frau belächelt; doch die ihr so vertraute, wenn auch etwas linkische Aussprache des Mannes hatte sie entwaffnet, was auch der Grund für den leichtfertigen Abschiedskuss war.

Andrzej bedauerte, kein Kind zu haben, während Haller in seiner Frau immer noch den Backfisch sehen wollte. Ihr fehlte es nicht an Schauspieltalent, aber gerade für diese

Rolle war sie zu erwachsen und klug, und es hätte sie mehr Anstrengung gekostet, als Mutter zu sein.

Der Bus hielt vor der Dorfkneipe, und Magda stieg aus. Diesmal schloss sich ihr keine der Dörflerinnen an, um ihr beim Tragen der von den Einkäufen schweren Markttaschen zu helfen. Sie watete allein durch den weichen Schlamm zu dem efeuumrankten Haus auf dem Hügel.

Angesichts der Kälte, die draußen herrschte, und der düsteren, verregneten Landschaft erschien ihr ihr Zuhause wie eine freundliche, warme Insel. In der großen, schönen Wohnung angekommen, verstummten plötzlich alle quälenden Fragen. Als sie dann das Radio anschaltete, welches Haller zuvor auf die Plattenspieler-Funktion umgestellt hatte, und die wohlbekannte, alte Melodie von «Amado mio» erklang, wurde sie sogar ganz heiter.

«Du hast sogar die alten Schallplatten ausgegraben?»

«Was denkst du! Schließlich wird das heute ein Schülertreffen.»

Obwohl er bereits seine Hausschuhe angezogen hatte, verbeugte sich Haller feierlich vor Magda und forderte sie zum Tanz auf: «Darf ich bitten?»

Magda hatte das Gefühl, das erste Mal seit langem tanze ihr Mann wirklich aus Lust und in gelöster Stimmung mit ihr, ganz so, als läge seine Hand auf der Taille des Mädchens, für das er sie damals, vor dem Abitur, gehalten hatte. Vielleicht, dachte sie, kommt bei diesem Abend sogar noch etwas Gutes heraus. Es wird bestimmt zwanglos, keiner wird ernsthaft Rechenschaft verlangen oder ablegen wollen.

«Stell dir vor», sagte Haller lächelnd, «unsere Stefi hat sich heute Vormittag die Haare kurz schneiden lassen. Sie schaut mondän aus, ganz wie eine Millionärstochter von der Côte d'Azur.»

«Wenn's ihr gefällt. Aber ich bleibe doch lieber beim guten alten Knoten.»

## 13.

Die Scheinwerfer des Wagens tasteten sich in vollkommener Finsternis die Straße entlang, und der Fahrer musste sich nach vorn beugen, da die Scheibenwischer nicht schnell genug arbeiten konnten, um einen Regenschleier zu verhindern. Eine einzige falsche Bewegung, und der Wolga hätte von der rutschigen Straße in die Tiefe stürzen können. Bei diesem schaurigen Wetter schlängelte sich der Wagen durch rauschende Wälder nach Csalogány.

Im Auto war es jedoch angenehm warm, Ali und Vértes beachteten das Unwetter gar nicht. Bea hatte ihren Mantel ausgezogen und saß nun im Abendkleid zwischen ihnen auf der weichen Rückbank. Vértes sagte, sie wäre in jedem Vergnügungslokal von Soho eine auffallend verlockende Erscheinung.

«Ich würde sogar auf dem Tennisplatz Ihres Neffen auffallen, oder? Dabei gibt es so manches, was man dort nicht bemerkt …»

Diese Anspielung war Beas Antwort auf eine übertrieben vertrauliche Geste. Um der Sache jedoch die Spitze zu nehmen, fügte sie hinzu: «Bleiben Sie doch wenigstens während des Interviews ernst.»

Ali war bei der fünften stenographierten Seite. Er war

ein begabter Journalist, der in den Jahren, in denen er für die Kriminalrubrik seiner Zeitung geschrieben hatte, an den Verbrechern alle Finessen ihres Fachs hatte beobachten können und sich das so ausgebildete psychologische Feingefühl nun auch im Kulturteil zunutze machte. Die kleinen Verlogenheiten der Künstler durchschaute er ebenso wie die der Taschendiebe. Daher sah man ihm bei dem Blatt vieles nach.

«Haben Sie Emigranten getroffen?», fragte er Bea.

«Ich von meiner Seite her nicht.»

«Was meinen Sie mit: von Ihrer Seite her?»

Die steife Formulierung, Beas offensichtliches Bestreben, so eloquent wie möglich zu erscheinen, irritierten Ali.

«Mich haben nur die Museen und die Theater beschäftigt. Die Kunst ...»

«Hm. Und dieses Kunstwerk von einem Kleid haben Sie nicht zufällig in London gekauft?»

«Doch, das schon.»

«Na, sehen Sie.»

Decsi, der neben dem Fahrer saß, interessierte das Interview nicht. Er hielt Ausschau nach den blauen Signallichtern und zählte bis zum Ortsschild von Csalogány sieben Bohrtürme. Hier verließ der Wagen die Serpentine und fuhr den Hang mit dem durchweichten Boden hinauf, worauf der Motor mit Röcheln reagierte.

Decsi war sich nicht sicher, ob er richtig gezählt hatte. Wieder überkamen ihn die beklemmenden Gefühle, die zu seinen ständigen Begleitern geworden waren, seit er auf dem Weg zurück auf den Kontinent seinen Kontrahenten aus dem fahrenden Zug geworfen hatte. Immer und immer wieder hatte er das Schreckensbild einer furchtbar aufgedunsenen Leiche vor sich, die inzwischen sicher aus dem Wasser aufgetaucht war. Dieses Bild konnten auch die Signallichter nicht verschwinden lassen.

Der Wolga kämpfte sich durch den Schlamm, überholte den vor ihm zuckelnden Bus, und nach einigen missglückten Versuchen erklomm er auch den Weg hinter der Kirche, ohne dass die Passagiere seekrank wurden. Wenige Minuten später beleuchteten die Scheinwerfer bereits das am Eingang angebrachte Namensschild des Arztes. Ali bedankte sich beim Fahrer für die Meisterleistung, entschuldigte sich mehrmals und verabschiedete sich von ihm, da dieser nun losfahren wollte – zurück nach Pécs.

Der Fahrer war ein fröhlicher Zeitgenosse, er sagte zu Ali: «Ach, kein Problem. Mit etwas Glück kann ich auf dem Rückweg noch eine hübsche Frau vor dem Regen retten. Bis morgen früh.»

Ali und die anderen liefen in strömendem Regen über den Asphaltweg zum Eingang.

Nachdem sie geklingelt hatten, wurde die Tür sofort geöffnet, aber Haller sah überrascht aus. «Na, so etwas! Bist du das, Ali? Was führt dich denn hierher?»

«Wunderbar», sagte Vértes. Erblasst trat er vor. «Hallo, mein lieber Karcsi.»

«Ah, Győző, was für eine Überraschung. Du bist also auch hier.»

«Uns überrascht eher, dass du nicht mit uns gerechnet hast», sagte Vértes heiser. «Wobei, wenn Ali sich um etwas kümmert ...»

«Du Idiot, was lässt du dich denn nasführen», sagte Decsi lachend und umarmte den Gastgeber.

Da musste auch Haller lachen und klopfte seinen Gästen

der Reihe nach kräftig auf die Schulter. Da er ein freundlicher Gastgeber vom Lande war, ließ er auch Bea nicht aus. «Das ist allerdings wirklich eine Überraschung. Aber ich glaube, ich habe schon einmal ein Bild von Ihnen gesehen, oder vielleicht kenne ich Sie von der Bühne …»

Ali spielte sogleich den Aufschneider: «Die Dame ist Bea Nicky, die Solotänzerin des Balletts.»

«Bei uns werden Sie eine Aufmerksamkeit bekommen, die hätte Marie Camargo neidisch gemacht», sagte Haller schmeichelnd, während er die Türen öffnete und seine Gäste ins Haus bat. «Ja, Sie werden sogar Ehrenmitglied unseres Ordens», meinte er an Vértes gewandt.

«Genau», sagte Vértes grinsend. «Bea weiß noch gar nicht, dass wir sie zum Jubiläumsabend des ‹Fledermaus-Ordens› eingeladen haben.»

«Meine Güte! Was ist denn das?»

«Eine fanatische religiöse Gruppe, deren Mitglieder mit Vorliebe Menschenopfer bringen und vornehmlich Jungfrauenblut trinken …»

«Gut, dann können Sie mich schon mal vergessen.»

In diesem Augenblick traf Bea Hallers Frau und wurde knallrot.

Die Farbveränderung in Beas Gesicht bemerkte niemand, die von Magda auch nur Decsi. Kreidebleich reichte sie Bea die Hand.

«Willkommen», sagte sie, stand für einen Moment unschlüssig da und küsste Bea dann auf die Wange.

«Guten Tag, liebe Magda», sagte Decsi vertraut lächelnd und drückte ihr die Hand.

Ali und Vértes riefen entsetzt: «‹Liebe Magda›? Jocó, bist du wahnsinnig geworden?»

Dann gaben sie beide der Hausherrin zwei Küsse auf die Wangen, wie es sich für alte Freunde gehört.

«Du hast doch nicht etwa einen anderen Namen angenommen?»

«Doch. Auch Karcsi nennt mich Magda.»

«Was der Ehemann sagt, ist nicht ausschlaggebend. Du wirst immer Emmi bleiben und fertig.»

«So ist es. Du siehst auch noch genauso aus wie vor dem Abitur», sagte Vértes, um ihr zu schmeicheln.

«Da bedankt sie sich bestimmt», sagte Ali lachend. «Du und deine Komplimente. Damals war sie ja vor Angst grün wie eine Paprika.»

Decsi entdeckte die auf ein schwarzes Schild geklebte «goldene» Pappfledermaus. «Schaut euch das an. Das Ordenswappen.»

«Ausgezeichnet. Hast du vielleicht auch noch dein U-Boot?»

«Unversehrt und kriegsbereit.»

«Zeig her.»

«Wir wollen es sofort sehen.»

In diesem Augenblick kam Stefi mit den Kaffeetassen zur Tür herein, woraufhin Ali und Vértes das U-Boot sofort vergaßen.

«Sehr erfreut», sagte Vértes, sah Stefi mit einem tiefen Casanova-Blick an und küsste ihr die Hand.

«Na, so etwas!» Ali watschelte mit offenen Armen auf Stefi zu. «Jetzt mal ganz ohne Flachs: Hier kündigt sich ja eine wahrhaftige Dolce Vita an.»

Magda schenkte den Gästen Kaffee ein, und Haller holte das mit glänzenden Nägeln beschlagene U-Boot-Modell aus Blech hervor. Die Gesellschaft setzte sich, das alte Spielzeug wurde von Hand zu Hand gereicht. Sie hatten nicht einmal den Espresso ausgetrunken, da läutete es erneut, und kurz darauf betraten Beke, Schwabik und dessen Frau den Raum.

«Stellt euch vor», erzählte Ali, «Decsi hat Emmi Magda genannt.»

«Wie denn das?», fragte Beke und schnitt dabei eine Grimasse, als wundere er sich über die seltsame Vergesslichkeit seines Freundes. «Da kann ich ja froh sein, dass er mich nicht Sica nennt.»

Währenddessen gab Frau Schwabik ihrer Rivalin unauffällig einen Begrüßungskuss auf die Wange. Ihr Mann begrüßte Bea mit der einer Stammkundin gebührenden Freundlichkeit.

«Die Welt ist klein», sagte er höflich.

Das Erste, was Haller tat, um die Stimmung etwas aufzutauen, war, warme Hausschuhe zu verteilen.

«Sie sind nicht besonders elegant, aber ihr seid ja hier zu Hause.»

«So ist es. In der Schlossburg des Ordens, irgendwo in den schottischen Bergen», witzelte Vértes.

«Ja», stimmte Frau Schwabik zu, «unter Schotten, bei denen die Gäste den Teppich nur in Pantoffeln betreten dürfen.»

Die Frau war bei besserer Laune, als Beke erwartet hätte. Wahrscheinlich ist sie doch ungefährlich, dachte er erleichtert, höchstens ein bisschen überdreht.

Bea, die die größten Hausschuhe abbekommen hatte, war ganz begeistert. «Wie wunderbar», sagte sie und streifte ihre Schuhe mit den hohen Absätzen ab, zappelte ein wenig mit den Beinen, um auf deren schöne Form aufmerksam zu machen, und schlüpfte in die Pantoffeln. «Wie schön man in denen schlurfen kann.»

«Sie sollen aber nicht schlurfen, ich möchte mit Ihnen tanzen», sagte Ali.

«Dann zieh am besten auch Hausschuhe an», sagte Haller und klopfte Ali dabei kräftig auf den Rücken. «Allein schon angesichts ihres Berufes würde es der Dame nicht guttun, wenn ihr beim Tango eine Dampfwalze über die Füße fährt. Also, Schuhe aus.»

Schwabik protestierte vehement. «Das lasse ich höchstens zu, wenn er vorher ein langes Fußbad in Alkoholwasser nimmt.»

«Na, dann ziehe ich erst recht die Pantoffeln an.»

«Nur zu», sagte Bea. «Und schalten Sie auch gleich das Radio an.»

Bei der Musik ließ ihre Begeisterung etwas nach: Es war ein alter Tango von 1945.

*Der Frühling hat zwei Wege für dich,*
*ungewiss, welcher der bessere ist:*
*Dein Herz erfriert, wenn es spürt nichts,*
*doch liebt es, dann verbrennt es sich.*

«Darin liegt auch ein wenig historische Erkenntnis», stellte Decsi fest und zwinkerte Beke verstohlen zu.

Stefi und Vértes tanzten schon. Ali trat die Teppiche beiseite und verbeugte sich vor Bea. Haller forderte Frau Schwabik zum Tanz auf, aber diese sagte, ohne ein Schlückchen getrunken zu haben, könne sie nicht tanzen, und ließ sich das dritte Glas Gin einschenken. Decsi unterhielt sich mit der Gastgeberin; Bekes Vermutung nach über die rätselhafte Namensänderung. Nur Schwabik wirkte unruhig.

«Hast du eine Ahnung, bis wann die Anrufe hier durchgestellt werden?», fragte er Beke. «Ich bekomme vielleicht einen.»

«Ich weiß nicht, aber es würde mich auch interessieren.»

«Warte, ich frage mal Karcsi.»

Zu dem Zeitpunkt tanzten auch Haller und Frau Schwabik. Beke betrachtete die zierliche französische Kommode. Die Kaminuhr im Empirestil zeigte erst halb sieben, aber die Gesellschaft war bereits in bester Stimmung. Aus dem Radio erklang ein dynamischer Twist, woraufhin Vértes sich setzte und auch Ali ein wenig ermattete. Beke trat jedoch feierlich an die Gastgeberin heran: «Darf ich bitten?»

Magda bewegte sich trotz ihrer Rundungen sehr grazil.

«Komm, wie damals in der Sporthalle», sagte Beke und spielte damit auf den letzten Schulball an. «Nur schneller. Schließlich sind wir achtzehn Jahre alt.»

## 14.

Sie waren keine achtzehn mehr – sogar Bea war schon über zwanzig –, daher gaben sie den Twist bald auf, ließen sich in die Plüschsessel fallen und nahmen erleichtert ihre Getränke zu sich. Vértes suchte im Radio einen Sender, der Salonmusik spielte, denn seine tänzerischen Fähigkeiten vermochten sein Ansehen bei den Damen nicht gerade zu steigern.

Doch die glänzenden Augen verrieten: Man würde an diesem Abend nicht nur herumsitzen. Es gab zu viele gutaussehende Frauen unter ihnen, um die Zeit mit nostalgischen Geschichten zu vertreiben. Beke ahnte, dass Ali bald etwas vorschlagen würde, das mehr Möglichkeiten zum Flirt bot als der Twist, der nur seinen Bauch quälte. Im Augenblick schnaufte er jedoch noch und wischte sich die Stirn ab. Haller füllte erneut die Gläser und wandte sich dabei an Bea: «Sagen Sie, Bea», fragte er lächelnd, «mögen Sie Tiere?»

Bea klopfte auf Alis Bauch und antwortete: «Wenn sie so freundlich sind, schon ...»

«Auch Wölfe?»

«Na ja, solange sie mich in Ruhe lassen», sagte sie und sah dabei Vértes von der Seite an.

«Eigentlich meinte ich Wölfinnen.»

Da wanderte Beas Blick unwillkürlich zu Frau Schwabik. «Nein, die mag ich nicht.»

«Letzten Winter bekamen wir nämlich Besuch von einer.» Und Haller erzählte die Geschichte von der Wölfin, die er zu Mitternacht im Garten gesehen hatte.

«Mein Gott», sagte Bea mit schwacher Stimme, «dann kann man ja gar nicht das Haus verlassen.»

«Keine Angst», sagte Magda, «du musst nur bis zum Flur gehen.»

«Zum Glück. In den Garten würde ich mich nicht trauen, das schwöre ich. So schön es hier drinnen ist, so unwirtlich ist es draußen. Was für ein Wetter ...»

In der Stille, die sich für einen Augenblick einstellte, hörte man das Pfeifen des Windes durch den Kamin und das monotone Klopfen des Regens.

«Nun», sagte Schwabik, «kommen wir doch zur Tagesordnung. Wer von uns ist jetzt die ‹Oberfledermaus›?»

Decsi, der unter dem Wappen saß, richtete sich auf. «Wer wohl? Drei Wochen nach dem Abitur habe ich den Titel beim Tischtennis gewonnen. Ich habe Beke 21:10 besiegt.»

«Daran, mein Lieber», sagte Beke mit einem Lächeln, «erinnerst du dich falsch. So hoch war dein Vorsprung nicht.»

«Sondern?»

Decsi runzelte die Stirn, Beke wandte sich jedoch an Vértes: «Wenn wir schon bei Zahlen sind», sagte er, «habe ich auch eine Frage an Győző.»

«Ich bitte darum.»

«Es geht um Katalin Karády ...»

«Über sie zu sprechen, ist mir immer eine Freude.»

«Wenn sich jemand daran erinnert, dass sie bei ihrem Auftritt in Pécs im Nádor übernachtete, dann du. Weißt du zufällig noch, welches Zimmer sie hatte?»

Vértes setzte eine bedeutungsvolle Miene auf. «Natürlich eines in der ersten Etage. Zuerst hatte man ihr die 113 gegeben, doch dann zog sie aus Aberglauben in die 117 um.»

«Siehst du?», wandte sich Beke an Decsi. «Mit Zahlen hast du kein Glück.»

Decsi grinste gezwungen. Schweißperlen traten ihm auf die Stirn.

Ali gehörte nicht zu der sentimentalen Sorte Mensch, ihn interessierte die Vergangenheit nicht; während die anderen sich unterhielten, durchstöberte er das Bücherregal. Haller verfügte über eine große Bibliothek, in der auch die geliebten Bücher aus der Schulzeit nicht fehlten: *Schwarze Magie*, *Chronik der Rosenkreuzer* und *Die Geschichte Kaspar Hausers*. Er durchblätterte sie und entdeckte dabei hier und da sogar die Spuren seiner eigenen Pausenbrote. Mit einem Ohr folgte er jedoch der Unterhaltung. Als er Decsis gezwungenes Lachen vernahm, drehte er sich plötzlich um.

«Ich hab's. Wir müssen Poker spielen. Jetzt, sofort», rief er und hielt das Päckchen Karten hoch, das er zwischen den Büchern gefunden hatte.

Beke breitete ergeben die Arme aus. «Meinetwegen.»

Obgleich sie überhaupt keine Ahnung von Poker hatte, war auch Bea sofort dabei, sie sprang auf und sagte: «Los geht's!»

Sie griff nach dem Stapel und stieß Ali versehentlich die Karten aus der Hand. Entsetzt starrte sie auf die zerstreut auf dem Boden liegenden Blätter. «Mein Gott, was ist denn das?»

Statt der wie üblich abgebildeten Damen und Buben waren auf dem Teppich Fotografien von unheimlichen Gestalten zu sehen.

«Ein Szondi-Test», sagte Haller lächelnd, während er Vértes die Zigarette anzündete. «Es sind Fotos von Geisteskranken.»

«Ich habe dir schon tausendmal gesagt, du sollst sie in der Praxis lassen», sagte Magda. «Man erschrickt sich ja zu Tode.»

Hilfsbereit kniete sich Stefi hin und sammelte die Karten ein. «Ich bringe sie weg.»

«Ich gehe mit Ihnen», sagte Vértes und sprang schon auf. «Ich interessiere mich schon lange für Untersuchungen des menschlichen Körpers … ähm, der Seele, meine ich.»

«Ich auch», sagte Ali.

Vértes wünschte sich zwar keine Eskorte, aber Ali ging trotzdem mit und forderte zudem noch Decsi auf, sie zu begleiten. «Komm doch mit, du kennst dich bestimmt gut mit Psychologie aus.»

Als sie die Tür hinter sich geschlossen hatten, wandte sich Beke an Haller: «Du hast wirklich eine hübsche Assistentin.»

«Hübsch und streng ist sie», sagte Haller mit einem bübischen Lächeln. «Übrigens war sie früher eine gute Sprinterin. Auf hundert Meter hätte sie Vértes bestimmt um vier Sekunden geschlagen.»

Bea mochte es nicht, wenn in ihrer Anwesenheit über andere Frauen geredet wurde, darum wechselte sie schnell das Thema.

«Sie könnten uns ruhig eine spannende Geschichte erzählen. Über eine Spionin oder einen mysteriösen Mordfall», sagte sie zu Beke. «Hier vor dem warmen Kamin schaudert man gerne ein bisschen. Geht es dir nicht auch so, Márta?»

«Meine Liebe, mich schaudert schon, wenn ich nur an meine Söhne denke.» Frau Schwabik sah Bea mit der moralischen Überlegenheit einer Mutter an. «Ich befürchte, nachdem wir weggefahren sind, haben sie die Wohnung auseinandergenommen. Außerdem kommt heute Abend im Fernsehen irgendein Sexfilm, und sie sind allein zu Hause …»

Bea geriet kurz in Versuchung, Frau Schwabik zu erzählen, dass deren älterer Sohn sie vergangene Woche um ein

Autogramm gebeten hatte. Das würde sie treffen, und sie würde bestimmt nicht mehr so auf sie herabsehen. Dann siegte in Bea jedoch die Vorsicht. «Glaub mir, ich beneide dich um sie. Ich fürchte, dass ich nie Kinder bekommen werde. Ich bin zu leichtsinnig.»

Frau Schwabik hatte eine provokative Antwort erwartet, und nun war sie ein wenig verstört. Schnell wandte sie sich an Magda: «Willst du nicht irgendeine schöne Schallplatte auflegen?»

Haller stand auf, um seiner Frau zuvorzukommen, doch dann drang aus der Praxis ein langes, schneidendes Telefonklingeln in den Salon, was ihn innehalten ließ.

«Ein Ferngespräch. Gerade zur richtigen Zeit, in fünf Minuten macht die Telefonzentrale Feierabend.»

Schwabik saß wie angewurzelt da und sprang sofort auf, als Stefi aus dem Flur hereinrief: «Ein Anruf für Sándor Schwabik, aus Pécs.»

## 15.

Das Telefongespräch dauerte ungefähr eine halbe Minute. Dann legte Schwabik auf und verließ die Praxis, ohne ein Wort zu sagen. Im Flur zog er sich den Mantel über und ging hinaus, um ein wenig frische Luft zu schnappen.

Unmittelbar neben der Hauswand verlief ein kleiner, durch die Traufe vor dem Regen geschützter Asphaltweg, auf dem Schwabik einige Male ums Haus lief. Es regnete noch immer in Strömen, als wolle das Wasser die Berge wegspülen und das Dorf fortschwemmen. Es herrschte völlige Dunkelheit, auch aus dem Haus drang kein Licht, nur im Fenster des Bauernhauses von gegenüber war das Flackern des Fernsehers zu sehen.

Als Schwabik fünf Minuten später den Salon betrat, sah man ihm nicht an, was ihm sein Arzt mitgeteilt hatte. Wegen des kalten Windes war sein Gesicht ganz rot, was seine vorherige Blässe gut verdeckte, und auch seine Nerven hatten sich ein wenig beruhigt.

Seine Frau fragte ihn natürlich sofort: «Wer war das?»

«Nichts Wichtiges. Mein Kollege aus der Apotheke, er hat mich gefragt, ob er ein bestimmtes Medikament herausgeben darf. Wisst ihr», sagte er an den Rest der Gesellschaft gewandt, «ich musste eine Vertretung finden. Heute Nacht hätte ich Bereitschaftsdienst gehabt.»

«Wem sagst du das», sagte Haller. «Ich habe das jede Nacht. Jederzeit kann ich aus dem Bett geklingelt werden.»

«Schon gut, du musst ja nicht gleich den Teufel an die Wand malen», sagte seine Frau. «Geh lieber in die Praxis und pfeif die Verrückten zurück. Am Ende stellen sie noch fest, dass sie allesamt paranoid sind.»

«Dafür brauchen sie wohl kaum einen Szondi-Test», antwortete Haller lachend. Dann ging er dennoch, um der Sitzung in seiner Praxis ein Ende zu bereiten. Währenddessen lief Magda in die Küche und holte ein weiteres Tablett mit Canapés.

Als sie zu viert waren, setzte sich Beke demonstrativ neben Bea. Er wollte Frau Schwabik beruhigen, sie sollte sehen, dass er sich um die Tänzerin kümmerte und ihr Mann für sie gar nicht in Frage kam. Zugleich bot er Bea eine Möglichkeit, ihm mitzuteilen, was ihr auf dem Herzen lag.

«Heute Vormittag», sagte er im Flüsterton, «wollten Sie mir etwas sagen.»

Bea hatte es sich, aus Angst vor Schwabik, bereits anders überlegt und wollte Beke eigentlich irgendein Märchen auftischen. Als sie nun so unverhofft darauf angesprochen wurde, konnte sie nicht umhin – wenn auch nur indirekt –, das Geheimnis zu streifen: «Ich wollte nur über einen modernen Maler mit Ihnen reden … Er hat ein Bild zu verkaufen …», sagte sie, mehr brachte sie jedoch nicht heraus.

Beke ahnte, dass Bea ihn anlog, aber er maß dem keine besondere Bedeutung bei. Innerlich belächelte er diesen naiven Versuch, ihm auszuweichen. Er wollte gerade scherzhaft etwas darauf erwidern, als Haller und Decsi hereinkamen.

«Wo sind Ali und Vértes?», fragte Magda.

«Sie umgarnen Stefi», antwortete Decsi.

Bea machte einen Schmollmund und fragte: «Beide?»

In diesem Augenblick betraten auch Ali, Stefi und Vértes das Zimmer: nass, mit roten Wangen, zerzausten Haaren, die Krawatten der Männer verrutscht. Ali hielt Stefi am Arm fest, als wollte sie fliehen, sie atmete schnell, die Schleife ihrer Bluse hing schief, und Vértes rückte seinen Kragen zurecht.

«Hier können Sie nicht mehr entkommen.»

«Aber ich kann mich verstecken. Ich kenne das Haus besser als Sie.»

«Und machen Sie auch das Licht aus?», fragte Ali.

«Wenn ich damit einverstanden bin …», sagte Bea herausfordernd, um die Aufmerksamkeit auf sich zu lenken. Es war einfach unverschämt, dass man sich nicht mit ihr beschäftigte. Sollte denn ausgerechnet diese Dorftippse ihr vor den Männern aus Budapest die Schau stehlen?

Als aufmerksamer Gastgeber ging Haller sogleich zum Lichtschalter. «Soll ich? Ich bitte euch nur, die Vasen nicht zu zerschlagen.»

«Aber wir müssen das Licht überall ausschalten.»

«Gerne. Kann es losgehen?»

«Warte», sagte Ali, «zuerst müssen wir doch noch die Spielregeln erklären.»

«Was spielen wir denn?», fragte Bea und zog aufgeregt an Alis Krawatte.

«‹Mörder und Detektiv›.»

«Mein Gott, das ist bestimmt spannend. Und wer ist der Detektiv?»

«Der, der den Zettel zieht. Wir sind zu zehnt und machen zehn gleich große Zettel. Auf einen schreiben wir ‹Mörder›, auf einen anderen ‹Detektiv›, die restlichen bleiben leer. Dann zieht jeder einen.»

«Und wenn ich den ‹Mörder›-Zettel ziehe?»

«Dann ermorden Sie jemanden. Sie packen ihn am Hals oder wo Sie ihn gerade zu fassen bekommen. Die Person stößt einen Schrei aus und fällt zu Boden. Daraufhin bleibt jeder an der Stelle stehen, wo er sich im Augenblick des Schreis gerade befindet. Allein der Mörder darf seinen Platz verlassen.»

«Und die anderen?»

«Die bleiben, wie gesagt, dort stehen, wo sie sind. Schummeln ist strengstens verboten.»

«Und was macht der Detektiv?»

«Wenn er den Schrei gehört hat, kommt er herein und schaltet das Licht an.»

«Wie gruselig», sagte Bea, «der Tote liegt auf dem Boden …»

«Oder sitzt im Sessel, mit herunterhängendem Kopf …»

«Hören Sie bloß auf.»

«Der Detektiv beginnt sofort mit den Ermittlungen.»

«Und wie stellt er das an?»

«Zunächst schaut er sich die vorgefundene Situation an. Wer wo steht. Denn wenn Sie sich zum Beispiel in einem anderen Zimmer aufhalten als das Opfer, sind Sie entweder der Mörder oder unschuldig …»

«Das hast du ausgezeichnet erklärt», sagte Decsi lachend.

«Mach dich nicht über mich lustig, kümmere dich lieber um die Zettel.»

Außer Bea hatte nur Stefi Alis Erklärungen zugehört, die anderen kannten das Spiel gut, es war zu Schulzeiten ein fester Bestandteil vieler Feiern gewesen.

«Also», fuhr Ali fort, «auch der, der am weitesten vom Ermordeten entfernt steht, kann leicht unter Verdacht fallen. Er hat ja auch nach der Tat dorthin gelangen können, als Mörder hatte er die Möglichkeit dazu.»

«Darf man Fragen stellen? Ich meine, als Detektiv?»

«Natürlich. Nur so kann man die Wahrheit herausfinden. Man muss allen Beteiligten kluge und raffinierte Fragen stellen, zum Beispiel darüber, was sie im Moment des Schreis getan oder gedacht haben. Der Täter verrät sich meist schon durch Mimik oder Tonfall. Oder er gibt widersprüchliche Antworten. Der Detektiv tut natürlich so, als würde er es gar nicht bemerken. Er geht weiter und befragt die anderen. Zum Schluss muss er aufgrund seiner Beobachtungen den Täter erraten. Er geht zu demjenigen, der ihm am verdächtigsten erscheint, und dieser muss sich ‹ausweisen›, also seinen Zettel vorzeigen. Wenn der Detektiv den Mörder gefasst hat, muss der das Zimmer verlassen, er ist der neue Detektiv. Wenn nicht, muss wieder der Detektiv hinausgehen … Ich hoffe, Sie haben alles verstanden.»

Bea machte eine saure Miene. «Na, ganz so dumm bin ich nun auch wieder nicht.»

Unterdessen hatten die anderen die Zettel vorbereitet. Beke achtete darauf, dass sie alle genau gleich groß waren, Schwabik schrieb die beiden verhängnisvollen Wörter auf, Vértes überprüfte, ob sie auch richtig gefaltet waren, und Decsi mischte sie. Als sie fertig waren, holte Magda eine blaue Kristallvase aus der Vitrine und stellte sie auf den Tisch, als Behältnis für die schicksalsentscheidenden Zettel.

«Ich habe nur Angst, dass Tante Lizi auftaucht», sagte sie.

«Wer ist das?», fragte Decsi.

«Die Köchin. Wenn sie ankommt und sieht, dass wir im Dunkeln spielen, wird bald das ganze Dorf davon sprechen, dass wir eine Orgie gefeiert hätten.»

«Keine Sorge», erwiderte Haller, «das Tor ist verschlossen. Sie muss klingeln, wenn sie hereinkommen will. Apropos», sagte er mit Blick auf seine Armbanduhr, «es ist höchste Zeit, dass sie kommt.»

# 16.

Die Zettel lagen alle in der Kristallvase, die Gesellschaft versammelte sich um den Tisch, und jeder zog einen.

Während der kurzen Zeit des Auffaltens herrschte im Zimmer völlige Stille. Man hörte nur den Wind pfeifen und den Regen gegen die Fensterläden prasseln.

Es war Ali, der die Stille brach. Er blickte auf seinen Zettel und röchelte mit der furchterregenden Stimme eines Shakespeare'schen Schlagetots: «Ahhh, wehe dem, der mir in die Hände fällt ...»

Damit war allen klar, dass er nicht den «Mörder»-Zettel gezogen hatte.

«Hm, hm», sagte Decsi mit düsterer Miene.

Schwabik sprang gleich darauf an. «Was murmelst du da?»

«Ach, nichts, nur ein kleiner Auftrag. Eine Sache, die ich erledigen soll ...»

«Das kann ich mir gut vorstellen», sagte Schwabik mit theatralisch drohender Stimme.

«Bist du etwa der Detektiv?»

«Na ja, aus dem Räuber, ich meine, Mörder wird der beste ... Aber was erzähle ich hier? Ich sollte lieber den Mund halten.»

Die anderen hätten schwören können, dass auch von den beiden keiner der Täter war. Vértes dagegen knetete seinen Zettel nervös in der Hand, lief, ohne ein Wort zu sagen, herum, als sähe er einer schwerwiegenden Entscheidung entgegen. Frau Schwabik zündete sich rasch eine Zigarette an. Beke zeichnete in sein Notizheft eine schnelle Schauplatzskizze der beiden Zimmer. Haller brachte die leicht zerbrechlichen Gegenstände in Sicherheit, und Magda setzte noch einen Espresso auf.

«Können Sie auch ohne Kaffee ermitteln?», fragte sie Beke.

«Ja, wieso nicht? Nur der karierte Schal darf nicht fehlen.»

Ali und Vértes steckten die Köpfe zusammen, tuschelten wild gestikulierend und konnten sich offenbar nicht einigen. Beke war sich sicher, dass es um frauenbezogene Manöver ging.

Endlich sagte Ali: «Wir können anfangen.»

Haller schaltete alle Lampen bis auf die Wandleuchten neben der Tür aus.

«Wer ist der Detektiv?»

«Genau», riefen die anderen. «Heraus mit der Sprache!»

Bea tänzelte zur Tür. «Zu Ihren Diensten.»

Aus dem Halbdunkel waren Töne der Enttäuschung und schadenfrohes Frauengelächter zu hören. Ali blickte niedergeschmettert zu Bea. «Gerade Sie? Ich glaube, ich steige aus …»

«Das wäre wohl besser; nicht, dass man Sie am Ende noch ermordet.»

«Wohl wahr», sagte Schwabik zustimmend. «Vielleicht sind es die letzten Augenblicke seines Lebens, und selbst jetzt hat er nur lüsterne Gedanken. Am besten bringen wir ihn gleich um.»

«Nicht so voreilig», sagte Ali und spazierte mit unheilverkündender Miene an ihm vorbei, in den dunklen Teil des Zimmers.

Bea stand in der Tür und konnte nur noch Beke und Decsi klar erkennen. Die anderen hatten sich ins Dämmerlicht zurückgezogen.

«Kann ich?», fragte sie.

«Ja», rief Stefi.

Bea schaltete das Licht aus und ging hinaus.

Im Flur war es kalt, deshalb nahm sie sich einen karierten Schal vom Kleiderständer, band ihn sich um den Hals und setzte auch die nasse Schiebermütze auf, die daneben hing. Sie warf einen Blick in den Spiegel und stellte fest, dass sie eine hübsche Meisterdetektivin abgeben würde.

In der Wohnung war es stockfinster. Beke konnte nur Decsis Silhouette erkennen, wie sie hinter dem Vorhang verschwand. Dann entdeckte er das mit Leuchtfarbe bemalte Zifferblatt der Kaminuhr auf der Kommode. Im nächsten Augenblick entkam er einem zum Schlag erhobenen Arm und schlich an einer bärenhaften Masse vorbei, in der er Ali zu erkennen glaubte. Er gelangte ins andere Zimmer, wo er Stefis vertrauliches Flüstern vernahm: «Auf dem Foto waren zwei Personen. Er und Sie.» Stefi verstummte, und Beke erschien es ratsamer weiterzugehen. In der anderen Ecke sah er, neben der Silhouette einer Frau, Schwabiks Siegelring aufblitzen. Eine Streichholzschachtel fiel herunter und verursachte in der unheilschwangeren Stille einen beinah krachenden Lärm. Dann war weiter weg ein dumpfer Knall zu hören und gleich darauf der erste Todesschrei.

Bea zählte im Flur gerade ihr Geld, als der ans Quieken eines erstochenen Schweines erinnernde Schrei ertönte. Der Dicke, dachte sie und schloss ihre Handtasche.

Als sie das Zimmer betrat und das Licht anschaltete, sah sie, dass sie recht gehabt hatte. Ali lag mit gespreizten Beinen auf dem roten Torontaler Teppich und blinzelte stark, da sich seine Augen noch nicht an das Licht gewöhnt hatten. Neben dem Toten lag ein Roman Cronins.

Bekes erster Blick fiel auf das verstörte Gesicht von Frau Schwabik. Sie sah Bea an, als stünde sie kurz davor, wirklich einen Mord zu begehen. Der Schal und die Mütze, dachte Beke.

Bea hatte jedoch keine Ahnung, wessen Sachen sie trug. Frau Schwabiks Erregtheit interpretierte sie als Mordindiz und kam gar nicht auf die Idee, es könnte etwas anderes dahinterstecken. Ich werde trotzdem mitspielen und ein paar Fragen stellen, dachte sie, sollen sie ruhig sehen, dass ich nicht auf den Kopf gefallen bin.

«Ich glaube, er wurde hiermit erschlagen», sagte sie und hob den Roman vom Boden auf.

«Mit so einem stumpfen Gegenstand?», fragte Vértes ungläubig.

Bea wandte sich an Beke. «Was denken Sie?»

«Entschuldigen Sie, aber ich gehöre zu den Verdächtigen.»

«Gut, aber es ist Ihre Pflicht, die Polizei bei den Ermittlungen zu unterstützen. Also frage ich Sie als Fachmann: Denken Sie, dass dieses Buch schwer genug ist, um damit einen Menschen zu erschlagen?»

«Einen Menschen? Das glaube ich kaum. Aber ein misslungenes Werk kann einen Kritiker schon in den Tod treiben. Und Ali ...»

«Ich danke Ihnen. Der Tote darf aufstehen.»

Ali hatte im Liegen abwechselnd unter Beas und Magdas Rock gelinst, und da er sich bis zu dem Moment noch nicht hatte entscheiden können, ob er rosafarbene oder hellblaue

Unterwäsche schöner fand, kam er der Aufforderung nur widerwillig nach.

Die Untersuchung war nicht sonderlich aufregend verlaufen. Da Bea sich sicher war, dass Alis Mörder niemand anderes als Frau Schwabik sein konnte, strengte sie sich noch weniger an als erwartet. Die von ihr als logisch empfundenen Fragen sorgten für allgemeine Heiterkeit. Das machte sie wütend, und sie deutete siegessicher auf Frau Schwabik.

«Gib mir bitte deinen Zettel.»

Frau Schwabik warf ihn auf den Tisch.

«Liebste Bea, du bist ein Genie», sagte sie verachtungsvoll.

Bea öffnete den Zettel und hielt ihn den anderen vor die Nase.

«Na, was sagen Sie dazu?»

«Sie sind ein Naturtalent! Beke hätte das bis morgen Abend nicht herausbekommen», sagte Ali und drückte anerkennend Beas Hand.

«Sehen Sie? Und warum haben Sie mich dann vorhin ausgelacht?»

Frau Schwabik trat zu Bea.

«Wärst du so nett, den Schal meines Mannes zurückzugeben? Es muss da draußen ja sehr kalt sein …»

«Ach, der gehört deinem Mann? Das wusste ich gar nicht.» Bea versuchte, den Fauxpas mit übertriebener Gelassenheit zu überspielen. Aber sie erschrak sehr und wäre am liebsten aus dem Spiel ausgestiegen.

Vértes hatte jedoch schon die Zettel eingesammelt und wieder in die Kristallvase geworfen.

«Weiter geht's, jeder zieht einen.»

# 17.

Diesmal konnte Beke ruhig durchs dunkle Zimmer schlendern, er musste nicht befürchten, angegriffen zu werden. Er war der Mörder.

Obwohl er um das Leiden von Frau Schwabik wusste, die nun als Detektivin – wahrscheinlich grün vor Eifersucht – dazu gezwungen war, draußen zu warten, wollte er nicht sofort jemanden ermorden. Er war neugierig, was in der dunklen Wohnung um ihn herum geschah. Sehen konnte er zwar nichts, aber er wollte es zumindest erahnen. Vielleicht würde er ja noch mehr über das geheimnisvolle Bild erfahren. «Auf dem Foto waren zwei Personen. Er und Sie.» Dieser Satz, den Stefi in einem so aufgewühlten, ja erregten Ton jemandem zugeflüstert hatte, hatte sich in Bekes Gedächtnis eingebrannt.

Er vernahm das Huschen eines Rehs, dann polternde Bärenschritte: Bea und Ali, selbst im Dunkeln unverkennbar. Bea verschwand, aber Ali blieb in spürbarer Nähe, und bald tauchte eine hagere Gestalt neben ihm auf: Vértes. Beke hörte, wie er und Ali leise, aber deutlich verärgert einige Worte wechselten und dann in verschiedene Richtungen weitergingen.

Im anderen Zimmer hörte er ganz in seiner Nähe die Schritte eines Mannes – Haller, Schwabik oder Decsi: Jeder von ihnen hätte es sein können –, und dann huschte wieder Bea an ihm vorbei. Wahrscheinlich suchte sie jemanden. Das Rascheln eines Rocks ließ ihn vermuten, dass Magda in der Nähe war, vielleicht war es aber auch Stefi. Das für Taft charakteristische knisternde Geräusch deutete jedoch eher auf Magda hin. Einer der drei Männer kreuzte wieder seinen Weg, Beke wusste auch diesmal nicht, wer es war, aber er hob die Hand, in der er den Roman hielt und schlug das Buch auf ihn nieder.

«Aaah!», schrie das Opfer und fiel in einen Sessel.

Beke blieb am Tatort, um die Arbeit des Detektivs zu erleichtern. Frau Schwabik schaltete auch schon das Licht an, blieb jedoch wie angewurzelt auf der Türschwelle stehen.

«Sica!», rief sie.

Schwabik lag mit leblos herabhängenden Armen im Sessel, das Gesicht zur Decke gewandt.

«Na, was sagst du dazu?», fragte die Leiche mit einer Grabesstimme. «Was es nicht alles gibt!»

Allmählich nahm Frau Schwabik auch die anderen Personen wahr. Hinter dem Sessel stand Beke und zündete sich gerade eine Zigarette an. Rechts des Toten stand Bea Nicky.

Dieser Anblick traf Frau Schwabik offensichtlich sehr. Aber Magda war in dem Moment, als das Licht angeschaltet wurde, wohl ihrerseits ziemlich überrascht – Beke konnte genau erkennen, wie sich ihre Gesichtsfarbe veränderte.

Der Mörder, das Opfer und Bea bildeten eine Gruppe. Die anderen sechs Spieler standen ebenfalls im Dreigespann: Vértes, Stefi und Haller sowie Decsi, Magda und Ali – die Frauen jeweils in der Mitte, in beinah gleicher Entfernung zu den Männern.

Frau Schwabik wandte sich zunächst an Decsi: «Was haben Sie im Augenblick des Mordes gemacht?»

«Ich habe mir gewünscht, dieser Herr möge zur Hölle fahren», sagte er, mit einem bösen Blick auf Ali deutend.

«Und Sie, Herr Baksay?»

«Dito.»

«Und Sie, Herr Doktor?»

«Ich dachte, meine Frau steht neben mir», sagte Haller. «Wegen des Parfüms. Aber welch fataler Zufall: Meine Assistentin benutzt den gleichen Duft.» Der Arzt sah die Detektivin mit der feigen Miene eines Ehemanns an, der sich ins Verbotene verirrt hat. Dann wurde er ernst und sagte bestimmt: «In der Mordsache bin ich unschuldig.»

Frau Schwabik wandte sich an Vértes: «Sie sind Schriftsteller. Hegen Sie einen Verdacht?»

«Leider habe ich auch nur den Duft vernommen ...»

«Natürlich», sagte Frau Schwabik und lächelte bedrohlich. «Und das Blut? Das aus dem zerbrochenen Schädel des Opfers fließende Blut haben Sie nicht vernommen?»

Plötzlich wandte sie sich mit erhobener Stimme an Beke: «Was haben Sie im Augenblick des Mordes gemacht?»

«Ich wollte diese Dame küssen», sagte er mit einem Seitenblick zu Bea.

«Und, warum haben Sie es nicht getan?»

«Wer hat Ihnen das gesagt?»

Bea kicherte.

«Wollen Sie die Dame etwa kompromittieren?»

«Ja, wieso nicht? Sie kratzt mir höchstens die Augen aus.»

«Lassen Sie die Späßchen. Das ist der Zynismus eines Verbrechers. Haben Sie sie geküsst oder nicht? Ich will die ganze Wahrheit hören.»

«Ich habe sie nicht geküsst.»

«So so. Und warum nicht?»

«Weil mir der Sessel im Weg war.»

«Da irren Sie sich. Wenn er zwischen Ihnen und der Tänzerin gestanden hätte, müsste der Gegenstand, mit dem Sie das Opfer erschlagen haben, jetzt hinter dem Sessel liegen. Sie sind ja nicht dumm, oder? Sie brauchen es gar nicht zu leugnen, ich habe Sie den ganzen Abend beobachtet.»

«Ja, gut, aber ich hätte ja auch weggehen können», sagte Beke.

«Mit welchem Recht? Weil Sie getötet haben?»

«Na ja ...» Beke sah, dass er entlarvt wurde und musste lachen.

«Hurra!», rief das Opfer. «Mein Tod bleibt also nicht ungesühnt.» Er sprang auf und umarmte seine Frau. «Du bist eine echte Miss Marple.»

«Da ich ja ohnehin aufgeflogen bin», sagte Beke und zeigte den «Mörder»-Zettel, «würde mich jetzt nur noch interessieren, was für eine Strafe ich zu erwarten habe.»

Ohne Gnade sprach Frau Schwabik das Urteil aus: «Die Todesstrafe.»

Die Urteilsverkündung sorgte für allgemeine Heiterkeit.

«Tod dem Henker», rief Stefi hämisch.

Wer weiß, was für Hoffnungen Decsi hegte, auf jeden Fall sagte er: «Jetzt kommt die entscheidende Runde.»

«Das ist gewiss», stimmte ihm Haller zu, «denn darauf kann nur noch das Abendessen folgen.»

# 18.

Magda und Stefi hatten bereits vor der Ankunft der Gäste im Speisezimmer den Tisch gedeckt. Das Herender Porzellanservice, das Silberbesteck, die Kerzen und die Vasen mit den roten Nelken sorgten für eine feierliche Atmosphäre. Stefi hatte sich schon gefreut, als sie die feuerroten Nelken auf den Tisch stellte, wie gut diese mit dem goldenen Schein der Kerzen harmonieren würden. Wobei gesagt werden muss, dass die Blumen gewissermaßen illegal auf den Tisch gekommen waren, denn Magda hatte behauptet, sie für die Gäste gekauft zu haben, in Wirklichkeit waren sie aber ein Geschenk Andrzejs. Auch unterschied sich das zehnte Gedeck von den anderen, was aber nichts daran änderte, dass der festlich geschmückte Tisch eine stimmungsvolle Kulisse für den Abend bot. Magda befürchtete allerdings zu Recht, dass das Service dem Durcheinander zum Opfer fallen könnte, und hatte die Tür zum Speisezimmer bereits zu Beginn des Spiels abgeschlossen. «Ali bringt es fertig und versteckt sich in der Suppenschüssel», sagte sie, als müsste sie sich entschuldigen.

Das Spiel fand in den beiden vorderen Zimmern statt, wo dem Schleichen durch die Dunkelheit nur die Sessel im Weg standen und man sich an die Möbel oder die Kachelöfen schmiegen konnte, um sich unbemerkbar zu machen.

Vor der nächsten Runde wurde geraucht, getrunken, das Bad besucht, Magda ging in die Küche, Frau Schwabik folgte ihr. Man bewegte sich am Tatort frei und ungezwungen.

Bald hatten sie sich aber alle wieder zusammengefunden, das Licht ließen sie nur im Flur brennen, und jemand hatte sogar ein Tuch über den Spiegel geworfen, damit der Detektiv, wenn er aus dem hellen Flur hereinkam, den Mörder nicht darin erblickte.

«Du kannst hinausgehen», rief Ali aus der Nähe der Speisezimmertür.

Beke sah die Spieler im Dämmerlicht verschwinden, dann schaltete er die restlichen Leuchten aus, und die Wohnung versank im Dunkel.

Über den Flur ging er zur Tür, die zum Garten führte, blickte hinaus in den strömenden Regen und suchte den Apfelbaum, an dem Haller den Wolf entdeckt hatte. Er konnte dessen Ärger, die seltene Beute verpasst zu haben, zwar verstehen, selbst empfand er jedoch anders. Beke gehörte zu der seltsamen Sorte Jäger, die sich am meisten freute, wenn sich auf dem Jagdgebiet kein Raubtier befand. Danach sehnte er sich mehr als nach dem Ruhm, den ihm die erlegte Beute eingebracht hätte. Und wenn er sich hätte sicher sein können, dass sich auf das Gebiet dieses kleinen Landes, seiner Heimat, kein schädliches Wild mehr einschleichen würde, hätte er das Jagdgewehr liebend gern an den Nagel gehängt.

Er dachte daran, dass an diesem Abend im ganzen Land Tausende solcher Treffen stattfanden. Und daran, dass die Leute, die dabei zusammenkamen, nicht nur eine ähnliche Vorstellung von Unterhaltung verband, sondern dass sie im Allgemeinen meist ähnlich über die Welt dachten. Lohnte es sich denn noch, die Heuchler, diese Ausnahmen, von denen es immer weniger gab, zu verfolgen? Und war es nicht eine besonders undankbare Aufgabe, wenn die

Beute einen dann traurig machte? Beke war jedoch nicht auf der Jagd nach Pharisäern und trug seine Waffe nicht aus Spaß. Dieses Bewusstsein beruhigte sein Gewissen, wodurch sich auch seine Stimmung aufhellte.

In diesem Augenblick hatte auch Bea gute Laune, allerdings aus einem ganz anderen Grund. Sie amüsierte sich innerlich darüber, dass sie Ali und Vértes erneut entkommen war. Schwabik hingegen, der ihr angeblich hatte ausrichten lassen, er warte neben der Kommode auf sie, würde sie bestimmt finden. Schon deshalb wollte sie nicht, dass man sie vorzeitig ermordete. Wie sie so durch die schwüle und erregende Dunkelheit huschte, wollte sie nicht nur den Männerhänden entkommen, die sich auf ihre Brust oder Taille hätten verirren können, sondern zudem vermeiden, dem Mörder zum Opfer zu fallen.

Auf dem Tisch stand ein Tablett, nach dem sie mit der ausgestreckten Hand griff. Darauf lagen Baisers, das Lieblingsgebäck aus ihrer Kindheit. Sie verspürte die unbändige Freude des Schulmädchens, das eine Gelegenheit gefunden hatte, heimlich zu naschen. Diese plötzliche Euphorie rief aber auch die Erinnerung an ihre damaligen Tanzstunden wach, die Aufregung der ersten ungelenken *Croisés* und *Effacés*, und einen Moment lang war die Erinnerung an den Wunsch, Tänzerin zu werden, genauso klar wie die Gewissheit, es geworden zu sein: Diese Erkenntnis erfüllte sie mit Glück.

Sie steckte sich schnell ein Baiser in den Mund und ging weiter. Sie beschloss, falls man sie doch ermorden sollte, würde sie auf den Teppich stürzen wie auf der Bühne in London, am Ende des dritten Aktes, als sie ebenfalls «gestorben» war.

Sie stand in der Dunkelheit vor der französischen Kommode und sah die Umrisse einer sich nähernden Gestalt. Sie bewegte sich nicht, wartete auf ein Zeichen, darauf, wenn auch nur ganz leise, ihren Namen zu hören. Dann überlegte sie es sich anders, denn plötzlich packte sie die Angst, und sie wollte nur noch weg. Aber es war, als hätte man sie eingemauert, sie konnte nicht weg. Sie kannte dieses Gefühl aus Albträumen, und vor Ohnmacht hätte sie beinah aufgeschrien. Wieso ist hier ebenfalls eine Wand?, dachte sie, das ist doch unmöglich. Um sich dennoch irgendwie zu helfen, hockte sie sich schnell hin.

Draußen im hellen Flur hatte Beke vorher schon ein leises Wimmern gehört, das Mauzen einer kleinen Katze. Er wusste nicht, woher es kam, und bisher hatte er es auch gar nicht weiter beachtet. Das Mauzen wurde jedoch immer lauter und klang immer verzweifelter, als würde das kleine Geschöpf seine letzte Kraft aufbringen, um auf sich aufmerksam zu machen. Beke dachte zuerst, die Katze befinde sich hinter irgendeiner Tür, dann bemerkte er jedoch, dass das Geräusch von der Garderobe her kam. Verdutzt lauschte er und ging dann rasch hinüber, um das Kätzchen unter den vielen Mänteln hervorzuholen. Das gehört sich zwar nicht, dachte er, aber ich muss die Taschen durchsuchen, schließlich kann ich nicht zulassen, dass es erstickt. Und er musste tatsächlich den Mantelberg durchwühlen und Schicht für Schicht abtragen, bis schließlich ganz unten, in der Tasche seines eigenen Mantels, das kleine, graue Tier zum Vorschein kam.

Bea kauerte im dunklen Zimmer immer noch an derselben Stelle. Jemand trat über sie hinweg, jemand anderes berührte ihren Arm, ließ ihn dann jedoch gleich wieder los und ging weiter. Im Nachbarzimmer lief im Radio leise Tanzmusik.

Beke setzte die Katze auf den Boden und ließ sie in die Küche, zum Rest der Katzenfamilie. Er hielt die Tierquälerei für einen abstoßenden Scherz und beschloss, dem Verantwortlichen gehörig die Meinung zu sagen. Im gleichen Augenblick schoss ihm der Gedanke durch den Kopf, dieser habe ihn vielleicht «unterhalten», ihn ablenken wollen, während er im Zimmer einen noch übleren Streich beging.

In dem Moment, als er das dachte, drang aus dem Zimmer ein Schrei des Entsetzens: «Hilfe! Was ist passiert? Hilfe!»

Beke riss die Tür auf, sprang zum Schalter und machte das Licht an.

Bea lag auf dem Boden. Leblos, wie eine erwürgte Amsel, der Körper vom Kampf gegen das Ersticken völlig verrenkt, der Kopf furchtbar verdreht.

Alle standen erstarrt da. Entsetzt, aber noch ungläubig.

Ali, der vom neben Bea stehenden Sessel aus nur ihre Beine sah, machte eine verzweifelte Bewegung. «Was ist mit Ihnen? Stehen Sie auf. Was ist passiert?»

Beke beugte sich über Bea und fragte sich das Gleiche. Sie könnte ja auch spielen, das Ganze vortäuschen, schließlich war das ihr Beruf.

«Warum stehen Sie nicht auf?», fragte Ali erneut, diesmal beinah tonlos.

Doch die junge Frau, die neben der kleinen französischen Kommode lag, war nicht im Spiel gestorben. So, wie sie da lag, mit starrem Blick, nadelspitzengroßen geröteten Äderchen in den glasigen Augen, auf den Lippen der weiße

Gebäckschaum, hätte sie den schönsten Applaus nicht mehr gehört. Dieser Tod auf dem Boden des Salons der Dorfvilla war Bea Nickys echter Tod.

«Vielleicht», sagte Schwabik mit schwacher Stimme, «vielleicht ist sie nur ohnmächtig. Man muss versuchen …»

Haller stieß seine Frau beiseite und sprang zu Bea. Er kniete sich neben sie, drehte den Körper mit dem leblos herabhängenden Kopf um, und Beke erschauderte wieder beim Anblick der eingedrückten Kehle. Haller griff in Beas Mund, um vor der Beatmung die Gebäckreste herauszuholen. Ihm rann der Schweiß übers Gesicht, während er die blaue Zunge nach vorn zog, die dünnen, leblosen Arme bewegte und den stummen Brustkorb massierte.

Beke blickte auf, zu den anderen. Wie angewurzelt standen sie genau an der Stelle, an der das Licht der Lüster sie getroffen hatte, ganz so, als hätten sie den Spielregeln gehorcht und sich nicht getraut, sich zu bewegen. Einen Augenblick später stellte er außerdem fest, dass Vértes nicht unter ihnen war. Als Beke den Raum betreten hatte, standen die anderen im Halbkreis um die Sitzgarnitur. Nur Frau Schwabik befand sich unmittelbar neben Bea.

Während Beke dieses Bild innerlich festhielt, arbeitete Haller ohne Unterbrechung und beugte sich immer wieder über Beas Herz, um zu prüfen, ob es nicht doch wieder schlug. Beke hatte in seinem Leben schon viel Unglück gesehen, aber nur wenige Ärzte, die so verzweifelt um ein Fünkchen Hoffnung kämpften.

«Spritze!»

Stefi, die bis zu dem Moment genauso reglos dagestanden hatte wie die anderen, lief hinaus, um eine halbe Minute später mit dem vorbereiteten Instrument zurückzukehren. Haller setzte die Spritze, obwohl er um die Hoffnungslosigkeit des Versuchs wusste.

Beke wusste es ebenfalls. Er hatte verstanden, dass etwas Unwiderrufliches geschehen war, etwas so Schreckliches und Unvorhergesehenes wie noch nie in seiner gesamten Laufbahn. Und obgleich er nicht das Recht gehabt hätte, das Spiel zu verbieten, plagten ihn nun heftige Schuldgefühle.

Haller hatte inzwischen den Kampf aufgegeben. Er stand auf und wischte sich mit dem Arm den Schweiß ab, der ihm in die Augen rann. «Sie ist tot», sagte er leise.

Frau Schwabik stieß einen hysterischen Schrei aus: «Das ist mein Ende! Nein! Sie lügen!»

Das war der Augenblick, in dem Vértes vom Flur aus das Zimmer betrat. «Ist irgendetwas passiert?», fragte er aufgeregt. Dann blickte er zu der Toten und taumelte blau vor Schreck gegen die Wand. «Na, vielen Dank.»

«Das, das ist», sagte Ali stockend, «etwas, wofür man vielleicht sogar gehängt wird.»

«Nein», sagte Beke mit fester Stimme, «nicht nur vielleicht. Ganz sicher.»

Im Flur ertönte der schrille Ton der Türklingel.

# 19.

Die Regenfront zog über fast ganz Europa. Auch die über den schwedischen See führende Eisenbahnbrücke, die der Expresszug auf dem Weg zum Meer gerade überquert hatte, wurde vom heftigen Regen gepeitscht. Die Passagiere des Zuges würden um Mitternacht auf ein Schiff umsteigen, um von der Skandinavischen Halbinsel zum Kontinent zu gelangen.

Der Bahnwärter, der wegen des vorbeifahrenden Expresszuges aus dem Haus getreten war, warf einen flüchtigen Blick auf den See, hob dann überrascht die Taschenlampe, um das Wasser zu beleuchten. Er sah die Leiche eines Mannes langsam aufs Ufer zuschwimmen. Schnell rannte er ins Wärterhaus und rief die nächstgelegene Bahnstation an, damit man die Polizei benachrichtigte. Dann nahm er einen Bootshaken und lief wieder ans Ufer.

Einige Minuten später gelang es ihm, den Haken in die Kleidung der Leiche einzuhängen und sie ans Ufer zu ziehen. Er stellte fest, dass sie wahrscheinlich bereits mehrere Wochen am Grund des Sees gelegen hatte und nun an die Oberfläche getrieben worden war. Das deutete nicht auf einen Unfall, vielmehr auf einen Selbstmord oder einen Mord hin: Die Leiche hatte sich offenbar von dem Gewicht gelöst, das sie am Grund des Sees gehalten hatte. Da er an dem Mann keine Draht- oder Seilspuren entdecken konnte, ging er davon aus, dass er – oder jemand anderes – seine Taschen mit Steinen gefüllt hatte, bevor er im See versank. Doch mit der Zeit zersetzte sich der Stoff … Aber das ging ihn eigentlich alles gar nichts an.

Der Polizeiwachtmeister, der neben dem Fahrer des Leichenwagens saß, als dieser den Leichnam in die Stadt transportierte, sah sich die Papiere des Mannes an. Sie befanden sich in einem Plastikumschlag und waren daher noch in einem halbwegs lesbaren Zustand.

«Ein Emigrant?», fragte der Fahrer. Er wusste schon, dass der Mann ein Ungar war, und vermutete hinter dem

Unglück eine durch Heimatverlust hervorgerufene Verzweiflung.

«Nein, er war mit einem Dienstpass unterwegs.»

Auf dem Passbild war ein Mann von ungefähr dreißig bis vierzig Jahren zu sehen. Die verschwommene Schrift besagte, er habe József Decsi geheißen und sei Biochemiker gewesen.

Der Wachtmeister hielt den Fall für eine alltägliche Tragödie oder ein gewöhnliches Verbrechen, er wunderte sich nur darüber, dass die ungarische Botschaft nicht nach dem Forscher hatte fahnden lassen. Zumindest wusste man bei der örtlichen Polizei nichts von einem vermissten Ungarn.

Als er in der Stadt ankam, empfing ihn sein Chef mit der Nachricht, der Tote sei gar kein Ungar und müsse sofort zu einem nahegelegenen Anwesen gebracht werden.

Am Eingang des Schlosses erwartete sie der Eigentümer persönlich. Sie hatten auch gar nichts anderes zu tun, als den Sarg aus dem Wagen zu heben und abzustellen.

Auf dem Privatflugplatz des Landsitzes stand ein Flugzeug ohne Hoheitszeichen startbereit. Hauptmann Marcus, den Oberst Nox geschickt hatte, spazierte auf der regennassen Landebahn auf und ab und wartete ungeduldig auf das Eintreffen des Wagens.

Es war kein günstiges Wetter zum Fliegen, daher versuchte der Eigentümer des Schlosses den Hauptmann zu überreden, er solle doch die Nacht sein Gast sein und erst in den Morgenstunden aufbrechen. Aber Marcus war in Eile.

Fünf Minuten nachdem der Wagen angekommen war, rollte die Maschine bereits die Startbahn entlang, hob ab und flog in Richtung Süden.

# 20.

Haller öffnete das Fenster und rief der am Tor stehenden Köchin zu, was Beke ihm vorgegeben hatte: «Laufen Sie zum Rathaus und schicken Sie den Sekretär her. Sagen Sie ihm, er soll sich beeilen und zwei Arbeiterwachen mitbringen!»

Beke stand am anderen Fenster und leuchtete mit dem grünen Licht seiner Taschenlampe in den strömenden Regen hinaus.

Die Köchin starrte erschrocken zu ihnen herüber, drehte sich um, rannte in einer ihrer Fülle widersprechenden Geschwindigkeit los und verschwand in der Dunkelheit.

Sie war noch nicht am Gartentor angelangt, als jemand über den Zaun sprang, über den Asphaltweg rannte, den ihm zugeworfenen Schlüssel auffing und die Praxistür öffnete.

Es war der Mann, der Ali, Vértes und Bea gefahren hatte.

Denn der Wolga war nicht nach Pécs zurückgekehrt. Der Mann, den die Passagiere nicht kannten, arbeitete in Wirklichkeit für die Spionageabwehr, und Beke, auf alles gefasst, hatte veranlasst, dass er an diesem Abend den Fahrer spielte.

Oberleutnant Pintér hatte bis zu dem Zeitpunkt gelangweilt im Wagen gesessen, geraucht und seinen Vorgesetzten sogar ein bisschen darum beneidet, dass er sich im Haus amüsierte. Beim Aufblitzen des grünen Lichts, dem für Notfälle vereinbarten Zeichen, hätte er allerdings nicht mehr mit ihm tauschen wollen. Er war sich sicher, dass etwas Schlimmes passiert war. Hätte Beke einen Spion enttarnt, dann hätte er ihn allein, ohne Aufsehen zu erregen, zum Wolga geführt.

Der Oberleutnant betrat das Zimmer mit einer entsicherten, schussbereiten Browning in der Hand. Er sah sofort, was geschehen war. «Soll ich ein Foto machen?»

«Das hat noch Zeit. Ursprünglich hat sie nicht so gelegen. Wir mussten sie wegen des Wiederbelebungsversuchs bewegen …», sagte Beke und fuhr mit Blick auf die Waffe fort, «und die brauchen wir vorerst auch nicht.»

Pintér steckte die Waffe ein und ging mit der bedrückenden Gleichgültigkeit eines routinierten Polizisten zum Tisch, um sich ein Glas Sodawasser einzuschenken. Er war während des Wartens im Auto ziemlich durchgefroren und hätte eigentlich lieber einen warmen Tee getrunken, aber das trockene, brennende Gefühl in seiner Kehle konnte er auch mit dem Wasser ein wenig lindern.

Vértes und Ali sahen sich an. Plötzlich hatten sie verstanden, weshalb der Fahrer so ungewohnt geduldig und höflich gewesen war. Es gibt keine Wunder, dachte Ali, als er sich entsann, wie leicht es gewesen war, einen Wagen zu besorgen.

Beke wandte sich zuerst an Vértes: «Was hast du draußen gemacht?»

«Ich musste auf die Toilette gehen.»

«Durch das Speisezimmer, das Bad, die Küche und den Flur. Hast du keinen kürzeren Weg gefunden?»

«Ich wollte das Spiel nicht stören. Wenn ich hier hinausgegangen wäre, hätte ja das Licht aus dem Flur das Zimmer beleuchtet.»

«Ich verstehe.»

Haller bemerkte: «Aber im Bad gibt es doch auch eine Toilette.»

«Das habe ich nicht gesehen. Es war dunkel.»

Beke sah, dass Vértes vor Aufregung zitterte.

«Setz dich», sagte er zu ihm. «Sag mir bitte noch, wo du heute Nachmittag gegen 14 Uhr warst.»

In der Zeit sah sich Pintér in der Wohnung um und stellte fest, dass der Gastgeber sogar ein Tonbandgerät besaß. Er brachte es herein, legte das Mikrophon auf den Tisch und drückte den Aufnahmeknopf.

Vértes tat so, als würde er grübeln, obgleich er genau wusste, wo er gewesen war.

«Ja ... Ich dachte, ich gehe mal bei Sica in der Apotheke vorbei ... Aber dann fiel mir ein, dass ich kaum Geld dabeihatte. Ich war gerade in der Nähe der Sparkasse, das traf sich gut ...»

«Wie viel hast du abgehoben?»

«Zweitausend.»

«Wie viel?», wiederholte Ali die Frage verdutzt.

«Ich möchte dein Sparbuch sehen», sagte Beke.

Vértes überreichte es ihm mit zitternden Händen. Beke warf einen Blick auf die Summe und das Datum.

«Hast du das Geld dabei?»

«Hier, bitte.»

Vértes zog das zerknüllte Bündel aus der Tasche und gab es Beke.

Ali war kein Detektiv, aber er hatte den gleichen Gedanken wie Beke: Nicht zu glauben, dass Vértes die Geldscheine nicht in der Brieftasche aufbewahrt hatte. Er, der doch sonst so auf sein Geld aufpasste.

Vielleicht um etwas Zeit für die nächste Frage zu gewinnen, zählte Beke das Geld. Aber unter dem dritten Hunderter verbarg sich eine vergilbe Visitenkarte, die nun auf den Teppich fiel.

«Was ist das?»

«Weiß ich nicht.»

«Schau es dir an.»

Vértes hob die Karte auf, und mit vor Angst pfeifender Stimme las er den Namen vor: «Konrád Hampel, Diplom-Pharmakologe.»

«Wer ist das?»

«Ich habe keine Ahnung», sagte Vértes verzweifelt.

«Ein ehemaliger Apothekeninhaber aus Pécs», warf Haller ein. «Ein bekannter Name. Er und seine Frau haben das Land '49 verlassen.»

«Welche Apotheke hat ihnen gehört?»

«Die Erzengel-Apotheke. Wo Sica jetzt arbeitet.»

Jetzt wandte sich Beke an Schwabik: «Hast du die Leute gekannt?»

«Nein. Ich wurde erst '53 nach Pécs versetzt. Vorher habe ich in einem Dorf gearbeitet.»

«Heute Nachmittag, als ich zu dir in die Apotheke kam, war Bea gerade da. Was wollte sie von dir?»

«Glyzerinsalbe kaufen. Aber ich riet ihr davon ab, sie verwendete zu viel davon.»

Beke gab vor, mit der Erklärung zufrieden zu sein, dabei hatte er bemerkt, wie Schwabik bei seinem Betreten der Apotheke schnell das Thema gewechselt hatte. Als Schwabik mit Bea allein gewesen war, diskutierten sie wohl kaum über Glyzerin.

«Und was hast du heute Vormittag gemacht?», fragte er Magda.

«Gearbeitet. Dann habe ich einen Bekannten getroffen. Und ich war einkaufen.»

«Wo hast du die Nelken gekauft?»

«In der Lajos-Kossuth-Straße.»

«Wie viel haben sie gekostet?»

«Neun Forint das Stück.»

«Du irrst dich. Heute hat eine Nelke zwölf Forint gekostet.»

«Wirklich?», fragte Magda überrascht und tat so, als würde sie im Kopf nachrechnen. Dann nickte sie und sagte: «Du hast recht.»

Beke kümmerte sich jetzt nicht um die Lügen. Er wollte die erste halbe Stunde des Schreckens ausnutzen, um die schnellen, improvisierten Antworten zu sammeln – Wechsel, die er später, bei passender Gelegenheit, würde einlösen können. Aber Magda hatte den falschen Wechsel sofort wieder zurückgezogen.

«Sie», sagte Beke an Frau Schwabik gewandt, «haben Bea gehasst. Und als sie ermordet wurde, haben Sie gerufen: ‹Das ist mein Ende!› Denken Sie nicht, dass diese Form der Anteilnahme etwas suspekt ist?»

«Kann schon sein. Aber ich bin keine Mörderin.»

«Das habe ich auch nicht behauptet.»

«Aber Sie denken es», sagte Frau Schwabik und gestikulierte dabei hysterisch. «Merken Sie sich, was ich sage», rief sie, wobei ihre Augen funkelten, «das werden Sie mir bis ans Ende Ihres Lebens nicht nachweisen können. Selbst dann nicht, wenn Sie mich hängen lassen! Verstehen Sie?»

«Gut, jetzt beherrschen Sie sich erst einmal. Wir unterhalten uns später.»

Beke wandte sich an den Gastgeber: «Könntest du mir

sagen, in welcher Reihenfolge deine Gäste ihre Mäntel ausgezogen haben? Du warst ihnen doch bestimmt behilflich.»

Haller machte ein überraschtes Gesicht. «Ich habe keine Ahnung. Ich weiß nur, dass du als Letzter gekommen bist.»

«Umso verwunderlicher ist es, dass mein Trenchcoat unter allen anderen Mänteln hing. Davon ganz zu schweigen, dass eine Katze meine Manteltasche als Schlafplatz für ihr Junges erkoren hat.»

Haller wurde wütend. «Für dich ist das hier vielleicht eine Routineangelegenheit, und du hast Lust auf Späße. Ich halte das aber für ziemlich geschmacklos.»

Er klappte sein brennendes Feuerzeug zu, mit dem er Beke hatte Feuer geben wollen, steckte es in die Tasche und ließ sich mit finsterer Miene in einen Sessel fallen.

«Ich gedenke keineswegs zu scherzen. Jemand hat ein Katzenjunges in meine Manteltasche gesteckt, und wenn ich es nicht befreit hätte, wäre es erstickt. Es würde mich sehr freuen, wenn ihr mir verraten könntet, wer das gewesen ist.»

Niemand sagte etwas, und nach einer kurzen Weile wandte sich Beke an Ali: «Vor dem Spiel hast du mit Vértes getuschelt. Was habt ihr ausgemacht?»

«Vor der dritten Runde wollten wir, ausgehend von der Tür zum Speisezimmer, die Wohnung nach den Frauen durchkämmen. Győző hatte Stefi ins Auge gefasst.»

«Statt Stefi hat er dann aber die Toilette gesucht. Und wer war deine Auserwählte?»

Ali blickte zu der Toten. «Sie.»

«Und?»

«Ich habe nur ihren Arm angefasst, aber sie war irgendwie in einer komischen Position. Ich glaube, da war sie schon … Ich ließ sie sofort los und ging weiter.»

«Warum hast du das Licht nicht angeschaltet? Und warum hast du mich nicht gerufen?»

«Ich weiß nicht …» Ali brach der Schweiß aus. «Ich habe sie kaum berührt.»

Beke fuhr ihn an: «Und hast du nicht gespürt, dass irgendetwas nicht in Ordnung war?»

«Ich dachte, ich bilde mir das nur ein. Du weißt doch, wie unsicher ich bin.»

«Setz dich.» Kühl wandte sich Beke von Ali ab und ging zu Stefi.

Sie sah ihn feindselig an. «Fragen Sie ruhig.»

Beke überraschte der herausfordernde Ton.

«Was halten Sie von der Nervosität Ihres Chefs?», fragte er ruhig.

«Die kann ich gut nachvollziehen. Hätten Sie um das Leben dieses armen Mädchens gekämpft, wären Sie auch nicht so gelassen!»

Stefis strenger Gesichtsausdruck verunsicherte Beke für einen Augenblick. «Gut, danke», sagte er.

Plötzlich wandte er sich an Decsi: «Was hast du in Pécs gemacht, nachdem wir uns getrennt haben?»

«Ich war unter anderem im Mädchengymnasium.»

«Natürlich, die Erinnerungen.»

Für Beke, der am Hals der toten Frau mit ziemlicher Sicherheit die blau angelaufene Spur von Decsis krummem Daumen entdeckt zu haben glaubte, war es nun zu einer schicksalsentscheidenden Frage geworden, ob Decsi sich wirklich einer Schönheitsoperation unterzogen hatte.

Wenn ja und er sich allein aufgrund der Annahme, er würde Beke verdächtig erscheinen können, dazu hatte hinreißen lassen, sein früheres Ich zu imitieren, um originaler als das Original zu wirken, war dieses ungeschickte Schauspiel dennoch zu etwas gut. Dazu, den wirklichen Täter in die Irre zu führen, sodass dieser eine Spur am Opfer hinterließ, durch die er den Verdacht auf Decsi lenken konnte.

Aber Beke konnte im Augenblick nicht weiter darüber grübeln. Draußen blitzte Licht auf, und aus dem Fenster war zu erkennen, wie mehrere Personen durch das Tor traten und auf dem Weg zum Haus waren. Die Maschinenpistolen der drei Arbeiterwachen funkelten im Schein der Taschenlampe.

## 21.

Alle drei trugen sie Uniformen: der ältere Bergarbeiter, der junge Ratssekretär und die ungefähr zwanzig Jahre alte Grundschullehrerin, die entsetzt die Tote anstarrte. Sie hatte genauso hellblonde Haare und blaue Augen wie das Opfer.

Beke wollte zuallererst die beiden Zimmer räumen, in denen das Spiel stattgefunden hatte. Da er nun Helfer hatte, konnte er sich frei bewegen und gemeinsam mit Pintér den Tatort unter die Lupe nehmen.

«Gehen Sie bitte alle ins Speisezimmer. Wenn wir jemanden benötigen, werden wir ihn rufen. Unterhaltungen sind verboten», sagte Pintér im Befehlston.

Einer nach dem anderen gingen sie durch den Salon ins Speisezimmer, wo sie sich an den geschmückten Tisch vor die leeren Teller setzten. Die Reihe der aschfahlen Gesichter, die unnatürliche Stille und die feierlich gedeckte Tafel ergaben das Bild eines Teufelsfestes. Das Service glänzte kalt, das stechende Rot der Nelken schmerzte in den Augen, und die Gäste saßen wie Wachsfiguren im grellen Licht.

Die Arbeiterwachen hatten sich in zwei Ecken des Zimmers gesetzt, der alte Bergmann mit der Maschinenpistole auf dem Schoß in die eine, die Grundschullehrerin in die andere.

Pintér schloss das Speisezimmer ab und ging in den Salon.

Beke lief mit den Händen auf dem Rücken auf und ab. Man hätte denken können, ziellos, nur um die Nervosität zu vertreiben und die Zeit bis zu Pintérs Rückkehr totzuschlagen. Pintér wusste jedoch, dass sich sein Chef gründlich umgesehen hatte. Wenn es eine Spur gab, die bei der schnellen Inspektion des Tatorts entdeckt werden konnte, dann hatte er diese vielleicht sogar schon gefunden.

«Wo werden Sie sie verhören?»

Beke zuckte mit den Schultern. «Ich glaube, im Behandlungszimmer.»

«Soll ich dort die Heizung anschalten, Genosse Hauptmann?» Der junge Ratssekretär strotzte vor Hilfsbereitschaft. Schließlich war ein Offizier der Spionageabwehr kein alltäglicher Gast in seiner kleinen Gemeinde.

«Danke, das würde uns bestimmt guttun.»

Im Behandlungszimmer herrschte eisige Kälte, und Beke rechnete damit, die Nacht dort verbringen zu müssen. Der Offizier von der Abteilung für Lebensschutz, der Kriminaltechniker und der Polizeiarzt würden gewiss nicht vor Morgengrauen aus Pécs ankommen.

Der Sekretär ging hinaus, und die beiden Ermittler blieben allein mit der Toten. Beke deutete sofort auf den Boden: «Sehen Sie.»

Vor dem Kachelofen lag ein kleiner pechschwarzer Gegenstand, der aussah wie ein durch das Gitter gefallenes, verbranntes Stück Holz. Aber die gleichmäßigen Kanten verrieten, dass es etwas anderes war.

Pintér holte sein Taschentuch heraus, nahm es damit zwischen Daumen und Zeigefinger und drehte es auf der Handfläche um. Der kleine Gegenstand leuchtete jetzt weiß.

Es war ein Dominostein mit den Zahlen 0 und 6.

Pintér hob die Augenbrauen. «Offenbar haben wir Glück.»

Beke nickte, wenig überzeugt. «Vielleicht.»

Er zündete sich rasch eine Zigarette an und fuchtelte ungeduldig mit dem brennenden Streichholz. Wenn er es eilig hatte, erlosch das Streichholz nie.

Pintér hätte jedoch sein Leben darauf gesetzt, dass die Augenzahl des Dominosteins den Schlüssel zum Verbrechen lieferte.

«Ich denke, das ist die Decknummer des Agenten, der den Mord begangen hat. Ich kann das zwar noch nicht beweisen, aber ich habe schon von einem ähnlichen Fall gehört. Der Mörder hat sich der Person, die er aus dieser Runde treffen wollte, mit dem Dominostein zu erkennen gegeben.»

«Und denken Sie, dass er diese Decknummer nach

dem Mord für uns auf dem Boden hat liegen lassen? Das möchte ich bezweifeln.»

«Wie ist der Stein dann hierhergekommen?»

«Das müssen wir herausfinden. Ich weiß nur eines. Als ich den Raum vor der letzten Runde verließ, lag der Dominostein nicht hier.»

Beke wandte sich ab und sah sich um. «Am besten durchsuchen wir zuerst die Tasche des Opfers.»

Pintér ging ins Badezimmer und holte die Krokodilledertasche. «Die hat sie wohl im Ausland gekauft.»

Beke öffnete die Tasche. «Hier herrscht aber ein ganz schönes Chaos.»

Er schüttete den Inhalt der Tasche aus und durchsuchte der Reihe nach alle Fächer.

«Ein wahrhaftiges Labyrinth. Aber das Wesentliche habe ich schon gefunden, hier. Sehen Sie, wie wunderbar frisch sie sind.»

Er hielt fünf Hundert-Forint-Scheine in der Hand. Sie waren ebenso unbenutzt wie die von Vértes.

«Vértes hatte tausendfünfhundert Forint dabei, plus fünfhundert, das macht genau zweitausend. Die Summe, die er abgehoben hat. Ich hoffe, die Serie stimmt auch überein.»

Pintér blätterte die Scheine schnell durch.

«Sie sind nicht einmal gemischt. Alle Zahlen stimmen.»

Beke holte die Visitenkarte des Apothekers Hampel hervor. «Was halten Sie davon?»

«Das ist wohl ein ausländischer Bekannter von Herrn Vértes. Vielleicht haben wir es zusätzlich mit Devisenschmuggel zu tun.»

Beke schüttelte den Kopf. «Im Privatleben ist er zwar

nicht immer besonders ehrenhaft, aber die Vorschriften hält er ein. Er würde eher einen Freund verhungern lassen, als bei Rot den Zebrastreifen zu betreten.»

«Das heißt, er ist feige. Umso besser. Dann wird es leichter, von ihm etwas über Herrn Hampel herauszubekommen.»

«Meinen Sie?», fragte Beke und zog nachdenklich an seiner Zigarette. «Und was, wenn er ihn wirklich nicht kennt?»

Pintér schaute verdutzt. «Wie meinen Sie das?»

«Vértes hatte früher oft Dinge bei sich, die ihm nicht gehörten. Briefmarken, Füllfederhalter, Bleistiftanspitzer, Gesellschaftsspiele und so weiter. Zu Schulzeiten hatte er ein richtiges kleines Pfandhaus. Ali hat einmal sogar den Oleander seiner Mutter bei ihm verpfändet, und Vértes goss ihn fürsorglich, bis Ali das Darlehen zurückzahlte. Mit dem Anspitzer hat er keine Stifte angespitzt, mit dem Spiel hat er nicht gespielt. Er nahm dafür ein paar Fillér Zinsen. Aber das ist jetzt auch nicht wichtig. Was ich sagen wollte: Als die Visitenkarte auftauchte, war er wirklich überrascht. Er wusste nicht, wie sie zu ihm gekommen war.»

«Aber bis dahin hat er nur um den heißen Brei herumgeredet.»

«Das stimmt allerdings.»

Im Augenblick interessierte sich Beke jedoch nur für die Visitenkarte. Wer hatte sie ursprünglich gehabt? Und wie ist sie zu Vértes gekommen?

Pintér räumte die Gegenstände, die sich in der Handtasche befunden hatten, einen nach dem anderen wieder ein. Lippenstift, Puderdose, Parfümfläschchen und Taschentücher: In der Krokodilledertasche befand sich nichts Ungewöhnliches. Dann ging er in den Flur, um auch den Pelzmantel des Opfers zu durchsuchen.

Er griff in die Manteltasche und ertastete einen Schal und daneben eine Armbanduhr. Für einen Moment stellte er sich vor, dass es sich um eine Golduhr handelte, eine seltene Luxusmarke, die wertvoll genug war, um Anlass für ein Verbrechen zu liefern. Und Vértes' krankhafter Geiz wäre auch kein schlechtes Motiv gewesen.

Doch er hatte sich getäuscht. Die Uhr war alt und schäbig, das Uhrwerk barg kein Geheimnis. Nur die eingravierte englische Widmung weckte seine Aufmerksamkeit: *Zu deinem 10. Geburtstag von Jane.*

Pintér nahm die Uhr mit in den Salon und zeigte sie Beke.

«Ich glaube, sie ist nicht viel wert.»

«Für uns. Aber dem, der sie von Jane erhalten hat, fehlt sie vielleicht sehr.»

Den Kopf in die Hand gestützt, saß Beke im Sessel, als grübelte er immer noch über das Rätsel der Visitenkarte. Aber in Wirklichkeit betrachtete er die Tote. Zerstreut steckte er die Uhr in die Tasche, ohne die Augen von der ermordeten jungen Frau zu nehmen.

Pintér sah, dass der Hauptmann litt. Seine zerbrechliche Statur, die rasch ergrauten Haare und die asketischen Züge ließen ihn jetzt eher wie einen Dichter als wie einen Polizisten erscheinen. In der mondänen, vom Tod gezeichneten Atmosphäre, wo im Dunstgemisch halbgeleerter Gin- und Cinzanogläser und abgestandenen Rauchs, umgeben von herumliegenden Tanzplatten, eine tote Frau lag, wirkte die Reinheit dieses Gesichts so fremd, dass sie in Pintér beinah Anteilnahme weckte.

Vielleicht weil das Opfer eine Tänzerin gewesen war, voller Bewegung und Leben, war es besonders erschütternd, sie so erstarrt zu sehen. Beke bereitete es Qualen, die Tote zu betrachten, die aus dem verzerrten Gesicht hervorgequollenen großen, blauen Augen, die auf dem Teppich ausgebreiteten blonden Haare, die vom Luftzug hin und wieder ein wenig bewegt wurden. Unwillkürlich brach die Frage aus ihm heraus: «Erinnern Sie sich, wie schön sie war? Sie haben Sie ja gefahren, haben sie im Auto anschauen können.»

Pintér nickte. «Ich habe im Rückspiegel manchmal ihr Lachen beobachtet. Das vergisst man nicht so schnell.»

Er hatte schon viele Tote gesehen, dennoch lastete ihm jetzt eine ungewöhnliche Schwere auf der Brust. Und wie damals als Anfänger, als ihm bei manch schrecklichem Anblick die Übelkeit ergriff, hätte er gern für ein paar Minuten das Zimmer verlassen.

«Wenn Sie erlauben, würde ich jetzt das Blitzlicht und den Fotoapparat holen.»

«Gehen Sie nur.»

Beke holte sein Notizheft hervor, suchte die vor dem Spiel aus Spaß angefertigte Schauplatzskizze und zeichnete ein, wo die Teilnehmer gestanden hatten, als er hereinkam. Dann stand er auf, ging zur Tür und schaltete das Licht aus.

Ihn umgab die gleiche Dunkelheit wie Bea, als sie gestorben war. Tief und bedrückend wie in einer verschlossenen Gruft. Aber hier hörte er nicht nur seinen eigenen Herzschlag, sondern auch das Ticken der Uhr. Die Kaminuhr auf der Kommode zeigte die Zeit mit einem leuchtenden Zifferblatt an. Beke rechnete nicht mit anderen sichtbaren Details, die als Orientierungspunkt hätten dienen können, dennoch trat er an die Tote heran, beugte sich nah über sie, um auch den kleinsten Lichtreflex zu entdecken. Eine aufblitzende Schnalle, Schmucknadel oder ein Edelstein: Alles, was den Mörder zum Opfer hätte führen können. Um die Tote herum war es jedoch genauso finster wie überall sonst. Um auch den verdeckten Teil des Kleides zu sehen, ertastete Beke die auf der Brust liegende Hand, hob sie vom glatten Samt hoch und legte sie langsam auf den Boden. Er ließ sie nur wenige Zentimeter über dem Boden los, dennoch hörte man, wie die Fingernägel gegen das Parkett schlugen. Auch da bemerkte er nichts.

Er schaltete das Licht wieder an, ging zur Kaffeemaschine, die auf dem Bücherregal stand, und goss sich eine Tasse Kaffee ein. Wie viele Tassen dieses bitteren Getränks hatte er in seinem Leben schon getrunken? Wie oft hatte er das Weiß des Zuckers, das Glänzen des Kaffeelöffels bestaunt, als sähe er es zum ersten Mal? Alles, was nicht zu seiner Aufgabe gehörte, machte einen so fremden und traumartigen Eindruck auf ihn, wie die Welt den Kindern, Wissenschaftlern und Dichtern erscheinen muss, die mit voller Hingabe nachgrübeln. Er schaute sich um und betrachtete die Einrichtung, wobei er sich nur für die Größe der Möbelstücke interessierte: Alle waren ein auffallendes Stück höher oder niedriger als die Kommode, auf der die Uhr mit dem leuchtenden Zifferblatt stand.

Pintér kam herein und machte die letzte Fotoserie von der Tänzerin Bea Nicky. Er fotografierte sie aus allen Blickwinkeln, nahm dann die Tischdecke und deckte sie zu. Nur die spitzen Lackschuhe und die blonden Haare waren zu sehen.

Aber genau das fiel Pintér auf. «Vielleicht sind meine Augen nicht die besten, aber farbenblind bin ich bestimmt nicht. Dabei bin ich mir sicher, dass ich im Auto dachte, sie hätte braune Haare. Kurze, braune Haare.»

Beke blieb verdutzt stehen. «Solche ‹Täuschungen› sind Gold wert, Pintér. Je mehr Sie entdecken, desto schneller werden wir hier fertig. Lassen Sie uns jetzt in die Praxis gehen. Ich hoffe, es ist dort mittlerweile warm.»

Aber Pintér fiel in der Tür noch etwas ein. «Ich habe noch eine Frage: Gehen Sie also davon aus, dass die Visitenkarte aus Versehen bei Vértes gelandet ist?»

«Schon möglich. Sicher ist nur, dass diese Frau Geld von ihm bekommen hat. Und das hat viel zu bedeuten. So viel, dass ich es gar nicht glauben kann.»

## 22.

In dem kleinen Behandlungszimmer wurde es langsam warm, und im Schein der Lampe wirkte der Raum eher gemütlich als schäbig. Beke wusste, dass jeder, der einmal die Stille der nächtlichen Notaufnahme erlebt hatte, diesen Eindruck kannte.

Pintér konnte dem Spieltrieb des Laien nicht widerstehen, er öffnete den Glasschrank, holte die dickste Zahnzange heraus und hielt sie unter die Lampe. «Die könnte sich noch als nützlich erweisen.»

Beke fuhr ihn an: «Legen Sie die sofort zurück. Morgen früh kommen wieder Patienten.»

Er setzte sich an den Schreibtisch, legte Zigaretten und

Feuerzeug vor sich hin und zog, auf der Suche nach einem Notizblock, eine Schublade heraus. Auf den Büchern und Unterlagen fand er Hallers U-Boot. Er legte es auf den Tisch.

«Was ist das?», fragte Pintér. «Hat der Herr Doktor Spielzeug in seiner Praxis?»

«Wir haben ihn gebeten, es hervorzuholen. Zu Schulzeiten war das seine Manie, er hat ein halbes Jahr daran gearbeitet.»

Pintér neigte dazu, in allem, was ihm ungewöhnlich erschien, ein Indiz zu sehen.

«Er hatte es also schon damals?», fragte er argwöhnisch.

«Ja», sagte Beke.

Er zündete sich eine Zigarette an und wandte sich an den Ratssekretär, der gerade versuchte, seine Hände vom Kohlenstaub zu säubern. Von ihm wollte er zunächst einiges über die Gastgeber und Stefi Filipp erfahren.

Als Erstes bemerkte der Sekretär, wie seltsam es sei, dass die beiden keine Kinder hätten, dabei sollte doch so eine schöne und gesunde Frau wie Frau Haller auf jeden Fall welche bekommen. Dann erzählte er, dass Haller früher in der Budapester Zentrale des Roten Kreuzes gearbeitet habe, 1957 aber in seine Heimatregion zurückgekehrt sei. Offenbar liebe er diese Gegend sehr, vielleicht sogar mehr als die hier lebenden Menschen, womit er nicht behaupten wolle, Haller sei kein gewissenhafter Arzt, im Gegenteil, er halte große Stücke auf dessen Fachkenntnisse, nur zu freiwilligen Arbeitseinsätzen sei er nicht wirklich zu bewegen.

Was die Frau betreffe, so wisse er nur, dass sie in Pécs arbeite, sonst nicht viel. Über die Sprechstundenhilfe könne er dafür umso besser Auskunft geben. Als sie noch in der Schule war, habe ihr der Sohn eines ausgesiedelten Großhändlers den Hof gemacht, sie habe auch ein Verhältnis mit ihm gehabt, wegen dem sie beinah von der Schule geflogen sei. Ihre Eltern hätten sich geschämt, dass sie als Tochter eines Lehrers ständig versetzungsgefährdet gewesen sei. Wahrscheinlich profitiere auch der Herr Doktor vor allem von ihrer resoluten Art, die habe sie ohne Zweifel, vielleicht noch aus ihrer Zeit als Sportlerin. Insgesamt könne man von ihr sagen, sie sei unzuverlässig, eines Tages bringe sie es noch fertig, auf den Rezepten die Namen der Patienten zu vertauschen. Er sei der Ansicht, man solle ihr besser auf die Finger schauen.

Der Sekretär überlegte, was er noch über Stefi Filipp zu erzählen hatte.

«Ich wusste doch, dass da noch etwas war», sagte er schließlich. «Es gab eine Zeit, da versuchte sie, sich bei der Polizei einzuschmeicheln. Sie wollte quasi im Nebenberuf als Spitzel arbeiten. Natürlich vertraute man ihr nicht. Seitdem läuft sie wie eine gekränkte Prinzessin herum.»

Beke bedankte sich für die Auskunft und schickte ihn zu den beiden anderen, die die Gesellschaft bewachten.

Der junge Mann legte noch einmal Holz nach und deutete dann im Vorbeigehen auf die erschreckenden Fotografien, die auf dem Untersuchungstisch lagen. «Das sind bestimmt Verrückte, so gruselig, wie sie aussehen.»

Als sie wieder zu zweit waren, betrachtete Pintér die Bilder eingehend.

«Wie lauter Filmstars», bemerkte er scherzhaft.

Beke dachte nach.

«Ali Baksay hat sie aus Versehen zwischen den Büchern

hervorgeholt. Er dachte, er hätte Karten gefunden. Einen Stapel Spielkarten.»

«Ja?», fragte Pintér und zog eine saure Miene, als würde er nicht an solche Zufälle glauben. «Das scheint eine verzwickte Angelegenheit zu sein. Ich befürchte, wir sitzen zu Silvester noch hier.»

Er war ein großer, athletisch gebauter Mann, dem die Nachtschichten und Alarmeinsätze das Gesicht grau gefärbt und leicht zerknittert hatten. Im Feuergefecht und im körperlichen Kampf war er ausgebildet, aber intellektuelle Verbrecher waren für ihn manchmal eine ernsthafte Herausforderung.

Beke stand auf. «Bevor wir mit den Verhören beginnen, hole ich noch etwas.»

Eine Minute später kam er mit der kleinen, grauen Katze zurück.

«Ein Maskottchen?»

«Nein. Ich hoffe, sie wird mir bei den Ermittlungen behilflich sein.»

Pintér holte tief Luft. «Erlauben Sie mir eine voreilige Frage: Wer erscheint Ihnen jetzt, noch bevor Sie alle verhört haben, am verdächtigsten?»

Nachdenklich streichelte Beke die Katze. «Als wir im Hintergrund dieses Treffen organisiert haben, habe ich nicht mit der verblüffenden Möglichkeit gerechnet, dass ein Fremder unter meinen alten Freunden sein könnte. Bis zu dem Augenblick, in dem der Mord geschah, war ich mir sicher, dass dem auch nicht so war. Und jetzt … Nun, jetzt ist nichts mehr auszuschließen.»

«Halten Sie also alle acht Personen für verdächtig?»

«Ja, alle acht.»

# 23.

Im Zimmer, wo die Tote lag, schlug die Kaminuhr neun. Der Klang flog durch die Wohnung und war bis ins Speisezimmer zu hören.

Alle saßen erstarrt da, pressten sogar die Ellenbogen an den Körper, um ja nicht ihren Nachbarn zu berühren. Früher, in von Seuchen befallenen Dörfern, kam es manchmal vor, dass eine Gesellschaft beim Klang der Totenglocke derart erstarrte. Und wie damals fragten sich auch die hier Anwesenden, wer wohl der Nächste sein würde.

Solange der Mörder nicht in Handschellen gelegt war, waren sie nicht in Sicherheit. Doch an wessen Handgelenk gehörten die Schellen?

Der Täter war immer noch unter ihnen am Tisch, womöglich saß er auf dem Nachbarstuhl. Die Hand, die Bea erwürgt hatte, lag nun auf einem Schoß oder auf der Tischdecke, die Finger, die sich um ihren Hals geschlungen und ihr die Kehle zugedrückt hatten, zerknitterten vor Nervosität gerade eine Serviette oder zerbrachen einen Zahnstocher. Aber der, zu dem sie gehörten, hatte vielleicht bereits das nächste Opfer ins Auge gefasst.

Diese Vorstellung hätte die Anwesenden auch dann gelähmt, wenn sie über jeden Verdacht erhaben gewesen wären. Aber jeder von ihnen hatte in den ersten Minuten gelogen, und nun spürten sie alle die Schlinge um ihren Hals, die sich bei der kleinsten unbedachten Äußerung zuziehen könnte.

Als Pintér den Raum betrat, weckte das sowohl Angst als

auch Hoffnungen. Er besah sich das Gruppenbild und richtete seinen Blick schließlich auf den Gastgeber.

«Der Genosse Hauptmann will Sie sprechen.»

Um nicht an der Toten vorbeilaufen zu müssen, begleitete Pintér den Arzt durch das Bad und die Küche ins Behandlungszimmer.

Haller wusste, dass die anderen ihm Vorwürfe machten. Der Mord hatte in seinem Haus stattgefunden, und wenn er sie nicht eingeladen hätte, wären sie nie in diese grauenvolle Geschichte verwickelt worden. Aber waren es denn nicht sie selbst, die das Treffen angeregt hatten? Beke würde das sicherlich einsehen.

Beke saß am Schreibtisch und bot Haller den Stuhl ihm gegenüber an. Jetzt hatte der Arzt die Gelegenheit, die Sorgen des auf seine Diagnose wartenden Patienten kennenzulernen.

Das Dramatische der Situation wurde lediglich von der zwischen Patientenakten und Rezeptbüchern hin und her streichenden kleinen Katze ein wenig entschärft. Haller betrachtete die Sache wohlwollend, streichelte die Katze sogar. Diese schnurrte dankbar und rieb sich an seiner Hand.

«Ich möchte dich bitten, mir zu helfen», sagte Beke freundlich.

«Wenn ich nur könnte!»

«Wieso nicht? Du könntest mir zum Beispiel erzählen, wen du für verdächtig hältst.»

«Das ist eine heikle Frage, schließlich geht es um unsere Freunde. Aber ich werde mich bemühen, eine ehrliche Antwort zu geben.»

Haller nahm die ihm angebotene Zigarette an und gab

Beke diesmal Feuer. «Decsis Verhalten ist dir sicherlich auch aufgefallen. Dieser seltsame Eifer, sich an alles aus der Vergangenheit haargenau zu erinnern. Als wir dann für einige Minuten unter vier Augen in der Praxis gewesen sind, habe ich ein paar Geschichten von damals angesprochen. Er hat überhaupt nicht geschaltet.»

«Was denkst du, weshalb?»

«Aus der Sicht eines Arztes würde ich das fast für einen Fall von Schizophrenie halten. Ich weiß nicht, was mit ihm passiert ist.»

Haller wartete darauf, dass Beke ihn nach Einzelheiten fragte. Aber dieser schwieg, als würde er der Spur nicht trauen.

«Natürlich ist er nicht der Einzige, der sich heute Abend verdächtig verhalten hat», fuhr Haller fort. «Schwabiks Benehmen war auch auf eine gewisse Art auffällig. Ich habe ihn noch nie so aufgewühlt erlebt. Als hätten Bea und er … Verzeih mir die Bemerkung, aber mir kam es so vor, als hätten die beiden ein Verhältnis gehabt.»

«Weißt du etwas Konkretes?»

«Nur, dass Bea während der zweiten Runde aus Versehen meine Hand drückte. Sie fragte flüsternd: ‹Bist du es?›, und als sie die Verwechslung bemerkte, huschte sie schnell weiter. Aber ich glaube kaum, dass sie Ali oder Vértes suchte. Vor denen war sie eher auf der Flucht.»

«Sehr interessant. Erzähl weiter.»

«Dieser Mord ist so verrückt und unbegründet, dass man unwillkürlich an ein pathologisches Motiv denkt. An krankhafte Eifersucht oder irgendeine Perversion.»

«Auch an Lustmord?»

«Unter anderem.»

Bekes Gesicht verfinsterte sich, er senkte den Kopf, dachte nach und fragte plötzlich: «Vértes kommt dir nicht verdächtig vor?»

«Doch, als Dritter wäre da noch Vértes. Ich bin mir sicher, dass er das Zimmer während des Spiels wegen irgendeiner suspekten Angelegenheit verlassen hat. Wenn es sich nicht um Liebesmord handelt, sondern finanzielle Motive im Hintergrund stehen, dann fällt der Verdacht wohl am ehesten auf Vértes.»

«Hältst du ihn für verwegen genug, einen Mord zu begehen?»

«Ich möchte nicht, dass du mich missverstehst. Mit Ausnahme von einer Person werden wir weiterhin befreundet sein. Doch bis wir diese eine Person nicht aus unserem Kreis ausgeschlossen haben, ist es unsere Pflicht, schonungslos zu sein. Ob es nun um Vértes, Decsi oder mich geht, das spielt keine Rolle. Sie werden ihren Teil über mich erzählen müssen.»

«Hast du nichts zu sagen?»

«Nur, dass ich als Gastgeber gewissermaßen Verantwortung für diesen schrecklichen Vorfall trage. Hätte ich euch nicht eingeladen ...»

«Ja, genau: Wie bist du überhaupt auf die Idee gekommen?»

«Ali hat sich bei mir gemeldet und gesagt, dass es langsam an der Zeit wäre. Wir hatten uns ja geschworen, uns alle fünf Jahre zu treffen. Zweimal haben wir es versäumt. Und nun beim dritten Mal ... wäre es wohl auch klüger gewesen. Aber wer hätte denn mit so etwas gerechnet?»

«Danke, das reicht zunächst. Geh bitte zurück ins Speisezimmer. Wenn ich dich noch einmal brauche, sage ich dir Bescheid.»

Haller hatte den Eindruck, Beke sei zum Schluss genauso freundlich zu ihm gewesen wie zu Beginn des Verhörs und käme gar nicht auf die Idee, ihn zu verdächtigen.

Erleichtert verließ er das Behandlungszimmer.

## 24.

Zwölf Stunden nach ihrem ersten Treffen saß Beke wieder der Frau gegenüber, die ihn im Nádor beim Frühstück gestört hatte.

Die Frau holte auch diesmal eine Zigarette hervor, und Beke wollte ihr wieder Feuer geben. Aber Frau Schwabik wies ihn barsch zurück. «Danke, das mache ich lieber selbst.»

Beke sagte mit ruhiger Stimme: «Wahrscheinlich wären Sie weniger nervös, wenn Sie mir heute Vormittag nicht gestanden hätten, was Sie Bea gegenüber empfunden haben. Dass Sie sie abgrundtief hassten.»

«Das stimmt nicht», fuhr Frau Schwabik ihn an. «Ich bin überhaupt nicht nervös.»

«Ich bitte Sie, auch jetzt ehrlich zu mir zu sein. Ich würde gern wissen, wen Sie in Verdacht haben, den Mord begangen zu haben.»

«Denselben wie Sie. Sie wissen doch ganz genau, wer der Täter ist.»

«Sie überschätzen meine Fähigkeiten.»

«Davor müssen Sie keine Angst haben, so wie Sie Ihre

Position missbrauchen, die Tatsache, dass wir Ihnen völlig ausgeliefert sind, solange der Mörder nicht festgenommen ist. Ich habe keine Möglichkeit, mich zu wehren.»

Frau Schwabik schlug die Beine übereinander und nahm mit der duldsamen Miene der unterlegenen Frau hin, wie ihr der Rock übers Knie rutschte. Aber Beke hatte Verständnis für ihre Verfassung und sah ihr die kokette Haltung nach.

«Ich habe kein Recht, meine Position zu missbrauchen», sagte er in taktvollem Pädagogenton. «Wen haben Sie in Verdacht?»

«In Verdacht?», rief Frau Schwabik spöttisch. «Halten Sie mich für blind? Ihr Freund Vértes ist wohl noch ein bisschen unerfahren. Das muss sein erster Mord gewesen sein.»

«Vértes?»

«Wer sonst? Wer war zur gleichen Zeit wie Bea in England? Man hat sie beide als Spione angeheuert.» Frau Schwabik winkte mit dem Selbstbewusstsein eines Meisterdetektivs ab. «Das ist eine klare Spionagegeschichte.»

«Sie denken also nicht, dass es ein Liebesmord war?»

«Das eine schließt das andere nicht aus. Entscheidend ist aber der Aspekt der Spionage. Darauf verwette ich meinen Kopf.»

«Eine sehr interessante Vorstellung.»

«Dass sie ermordet wurde, nimmt mich natürlich auch mit, aber ehrlich gesagt bin ich auch erleichtert. Hätte diese Frau noch länger gelebt, hätte sie vielleicht auch meinen Mann dazu gebracht, sich als Spion anheuern zu lassen. Jetzt sieht Sica wenigstens, wohin es führt, wenn eine zwanzigjährige Göre ihr Netz nach einem erwachsenen Mann auswirft.»

«Natürlich. Nur ist eine Spionin nicht darauf angewiesen, sich zweihundert Forint zu leihen.»

«Wieso nicht? Solange sie ihre Mission nicht erfüllt, sieht sie keinen Penny. Und vielleicht wollte sie ihre Mission gar nicht erfüllen. Womöglich wollte sie ihren Komplizen sogar ausliefern, ja vielleicht sogar Ihnen. Nun, daran wurde sie gehindert. Aber Herrn Vértes erwartet auch so der Strick.»

«Sie sagen, Sie befürchten, man hätte auch Sica als Spion anheuern können. Demnach begann die Beziehung zwischen Sica und Bea, als ...»

«Als sie aus England zurückkam. Bis zu dem Zeitpunkt war ihr mein Mann völlig egal gewesen.»

«Gab es zwischen Sica und Ihnen in letzter Zeit auch andere Streitereien? Solche, deren Auslöser *nicht* Bea Nicky war?»

«Das hätte man meinen können. Aber wie ich die Sache sehe, hatte auch das etwas mit ihr zu tun. Wir hatten uns schon seit langem vorgenommen, die Wohnung umzubauen, das Bad woandershin zu verlegen und die Küche fliesen zu lassen. Als er Bea kennenlernte, sagte Sica plötzlich, wir sollten die Quartierssanierung abwarten, weil wir sparen müssten. Und wissen Sie, weshalb? Er sagte, damit wir etwas Kapital hätten, falls er sterben sollte. Er, der nie an den Tod gedacht hatte! Ich würde wetten, dass er dabei diese Frau im Kopf hatte. Er pfiff auf sein Zuhause und wollte nur seiner Geliebten Geld geben. Als dann doch die Maurer kamen, schickte er sie weg. Sie durften die Wand nicht einmal anrühren.»

«Das ist wirklich seltsam», sagte Beke und wechselte schnell das Thema. «Der Mord geschah ungefähr um

20 Uhr. Als wir das Licht ausschalteten, war es noch nicht acht, und als ich nach dem Schrei das Zimmer betrat, war es sieben nach acht …»

«Kann sein. Ich habe nicht darauf geachtet.»

«Aber Sie haben doch sicher den Stundenschlag gehört, oder? Die Uhr schlug vielleicht gerade im Augenblick des Mordes acht. In dem Moment, als jemand Beas Kehle umklammerte. Was haben Sie zu dem Zeitpunkt gemacht?»

«Ich bin mit der Sprechstundenhilfe zusammengestoßen.»

«Woher wissen Sie, dass sie es war?»

«Wegen ihrer Frisur. Sie ist die Einzige mit kurzen Haaren.»

«Danke. Darüber werde ich nachdenken.»

Beke dachte an Pintérs «Täuschung», daran, dass dieser Bea im Auto für brünett gehalten hatte.

Er stand auf, um das Ende des Verhörs zu signalisieren. Frau Schwabik rührte sich jedoch nicht.

«Werden Sie ihn festnehmen?»

«Vértes?»

«Ja, natürlich!»

«Damit warte ich noch.»

«Dann verlange ich, auf einen anderen Stuhl gesetzt zu werden. Sie können nicht von mir erwarten, die Nacht neben einem Mörder zu verbringen.»

«Neben wen möchten Sie sich denn setzen?»

Frau Schwabik zögerte und sagte dann: «Sagen wir … neben Baksay.»

«In Ordnung. Der Genosse Oberleutnant wird Ihnen einen anderen Stuhl zuweisen. Haben Sie sonst noch einen Wunsch?»

«Ja, ich würde mir gerne die Hände waschen.»

Beke dachte, Frau Schwabik meinte eine intimere Angelegenheit und antwortete: «Man wird Sie aus dem Speisezimmer hinüberbegleiten …»

Aber sie unterbrach ihn: «Wieso? Hier gibt es doch auch ein Waschbecken. Ich habe mir ein bisschen zu viel Creme auf die Hände geschmiert. Ich mag es nicht, wenn sie so kleben …» Ohne eine Antwort abzuwarten, drehte sie den Wasserhahn auf.

## 25.

Blass betrat Ali das Behandlungszimmer. Er sah aus wie in der Grundschule, als er sich nur in Bekes Begleitung zum Zahnarzt getraut hatte. Und es wurde auch gleich klar, dass seine Angst nicht unbegründet war.

Die Katze, die während der ganzen Zeit auf dem Schreibtisch gesessen und Frau Schwabik ruhig betrachtet hatte, sprang, als Ali den Raum betrat, erschrocken auf Bekes Schoß. Dieser setzte sie zurück auf den Tisch, aber sie ergriff erneut die Flucht. Sie sprang hinunter und verschwand unter dem Schrank.

«Sie ist nachtragend», sagte Ali.

«Ja», erwiderte Beke, «aber warum musstest du sie in meine Manteltasche stecken?»

«Ich wollte, dass du länger draußen bleibst», sagte Ali schuldbewusst. «Ich wusste, wenn du sie mauzen hörst, suchst du nach ihr. Und ich hätte mehr Zeit gehabt, Bea … na ja, du weißt schon.»

«Aber warum hast du sie ausgerechnet in meine Manteltasche getan?»

«Weil sie schön groß ist. Zuerst wollte ich sie in Beas Pelz verstecken, aber sie hatte in der einen Tasche Handschuhe, in der anderen einen Schal.»

Beke zeigt ihm die Uhr. «War die nicht in ihrer Manteltasche?»

«Ich glaube nicht. Das hätte ich bemerkt.»

Demnach wurde die Uhr nach dem Mord in die Manteltasche des Opfers gesteckt, dachte Beke. Zu dem Zeitpunkt, als er den Tatort bereits betreten hatte und nur Vértes sich im Flur befand.

Beke warf Pintér einen Blick zu. Die These, dass häufig die kleineren Ganoven die großen Verbrecher auffliegen ließen, hatte sich also wieder einmal bewahrheitet. Aber Alis gegen den Anstand begangene «Verbrechen» interessierten ihn nicht weniger. Er wechselte schnell das Thema: «Bevor wir mit dem Spiel angefangen haben, warst du mit Vértes und Stefi auf dem Hof. Was ist da passiert?»

«Stefi war verschwunden.»

«Wie denn das?»

«Ich habe keine Ahnung. Es war dunkel und regnete in Strömen.»

«Aber dann seid ihr doch zusammen zurückgekommen.»

«Ja, dann war sie plötzlich wieder da.»

«Was habt ihr in der Zwischenzeit gemacht?»

«Wir sind ums Haus gerannt und haben versucht, sie zu erwischen. Győző lief nach links und ich nach rechts. Aber wir sind wieder nur einander begegnet. Sie schien sich im Nebel aufgelöst zu haben. Und dann, als wir es schon leid waren, sie zu suchen, stand sie plötzlich da, auf dem kleinen Weg, der ums Haus führt.»

«Sie wollte also nicht mit euch flirten?»

«Mit uns nicht.»

Ali war anzusehen, dass er mehr wusste, sich aber unschlüssig war, ob er es verraten sollte. Beke hielt es für angebracht, seine Pistole auf den Tisch zu legen. Das erzielte die gewünschte Wirkung.

Ali rückte den Stuhl ein wenig beiseite, um aus der Schusslinie der Waffe zu geraten, und sagte: «Als Frau Schwabik nach der zweiten Runde das Licht anschaltete, wollte Haller gerade Stefi umarmen. Das habe ich genau gesehen. Wenn sie nicht hereingekommen wäre ... Also ich glaube, Haller und seine Assistentin verstehen sich gut. Ja, die Ärzte haben es leicht.»

«Sag mal, wann hast du ihm eigentlich geschrieben?»

«Einen Brief?»

«Ja.»

Ali tat so, als hätte er ein ihm unbekanntes Wort gehört. Feige wiederholte er: «Einen Brief?»

Beke schwieg drohend.

«Ich verstehe», sagte Ali. «Eigentlich nie. Ich habe ihm nicht geschrieben, ich habe ihn angerufen. Kurz bevor du mich angerufen hast.»

Beke erinnerte sich genau an den Nachmittag, als sie sich in Alis Stammlokal, dem Café Hungária, getroffen hatten und besprachen, dass Ali einen Brief an Haller schreiben würde. Am zehnten September, als er davon ausgehen konnte, dass Ali bereits eine Antwort erhalten hatte, rief Beke ihn in der Redaktion an, und Ali erzählte ihm, dass er die Einladung erhalten habe.

«Ich dachte, Hauptsache, die Sache sei erledigt. Ich konnte es schließlich auch am Telefon mit ihm besprechen.»

«Ja, das stimmt. Verrat mir jetzt bitte noch, wen du verdächtigst.»

Ali hatte offenbar mit der Frage gerechnet. Seine großen, ernsten Augen glänzten, die Wangen erglühten vor Aufregung dunkelrot. Endlich konnte er aussprechen, was er schon die ganze Zeit hatte sagen wollen.

«Ich denke», sagte er mit Überzeugung, «dass es jemand Fremdes war. Die Köchin. Sie konnte ruhig hereinspazieren, schließlich wurde sie erwartet. Selbst wenn jemand das Licht angeschaltet und sie zwischen uns umhergelaufen wäre, hätte niemand Verdacht geschöpft. Natürlich vor dem Mord. Danach ist sie schnell verschwunden. Das ist meine Meinung.»

«Eine gewagte These. Ich werde darüber nachdenken.»

«Tu das. Nur bitte nicht zu lange.» Ali stand auf. «Ich wollte nur noch sagen, dass es schön wäre, wenn wir, falls möglich, etwas zu essen bekämen ... Denn bis zum Morgen dauert es noch lange. Du hättest doch sicherlich auch nichts gegen ein Stück Braten einzuwenden. Doch? Na, dann ...»

Pintér fuhr ihn schroff an: «Wieso bitten Sie den Genossen Hauptmann nicht gleich, Sie ins Nádor auf einen schönen gemischten Grillteller einzuladen? Machen Sie, dass Sie rauskommen. Hier entlang.»

# 26.

Der Wecker im Behandlungszimmer zeigte 22 Uhr an. Beke beauftragte Pintér mit Decsis Verhör und ließ ihn, unter dem Vorwand, Kopfschmerzen zu haben, allein. Er ging hinaus, um ein wenig frische Luft zu schnappen.

Er hoffte, mehr zu erfahren, wenn er nicht beim Verhör dabei war. Vorausgesetzt, im Behandlungszimmer blieb alles so, wie er es hinterlassen hatte.

Als er den um das Haus führenden Weg betrat, streifte ihn ein milder Wind. Es regnete nicht mehr, in der Stille war nur das Rauschen der Bäche am Berghang und das Rascheln des Efeus an der Hauswand zu hören. Tief atmete Beke die vertraute feuchte, nach Laub duftende Herbstluft ein. Er stand in einer reinen und friedlichen Dorfnacht, wie sie schon in so vielen Gedichten besungen worden war; das erinnerte ihn an die ferne Vergangenheit. An die Kindheit auf dem Dorf, als für ihn bereits eine Briefmarke aus dem Ausland einem Wunder gleichkam, als er die ersten englischen Vokabeln im Wörterbuch nachschlug und jeden Tag gescholten wurde, weil er die Petroleumlampe bis Mitternacht brennen ließ.

In diesem Moment erschien es ihm ganz unwahrscheinlich, dass er heute fünf Sprachen beherrschte und in dem geheimnisvollen Bereich arbeitete, dessen Helden sich in der Vorstellung der meisten Menschen vornehmlich in Luxushotels und im Trubel der Flughäfen herumtrieben. Ja, unwahrscheinlich und seltsam war es, sich aus offiziellem Anlass hier zu befinden, in diesem kleinen Dorf mit dem schönen Namen Csalogány, «Nachtigall», wo man nichts ferner wähnte als die Weltpolitik, wo statt der Atombomben wahnsinniger Generäle die Äpfel scharfsinniger Bauern gediehen. Was hatte ein Offizier der Spionageabwehr hier zu suchen, der statt heimlicher Schnapsbrenner feindliche Agenten enttarnen sollte? Auf die Frage, die er noch am Morgen nicht hätte beantworten können, lieferte der unerwartete Mordfall eine überzeugende Auflösung.

Beke kämpfte seit zehn Jahren gegen die mit den ungeheuren technischen Errungenschaften der modernen Nachrichtenbeschaffung ausgerüsteten Agenten, er kannte ihre Technik, ihren Lehrstoff, aber er vertraute auf die Überlegenheit seiner eigenen Schule. Auch jetzt, als er an die immer leiser werdende Regenrinne gelehnt in die Nacht schaute, ohne jegliche technische Hilfsmittel, genauso auf sich gestellt, wie die Astronomen früher den Rätseln des Himmels gegenüberstanden. Verstand, Kombinationsvermögen und Einfallsreichtum: Das war alles, was ihm zur Verfügung stand.

Der weiße Kirchturm, den er am Morgen vom Flugzeug aus gesehen hatte, reckte sich friedlich nach den Sternen, und das Dorf schlummerte unter dem dunkelblauen Firmament wie in der Vorstellung eines Schülers, der in seinem trostlosen Stadtzimmer darüber dichtete. In dieser Ruhe war es nicht zu glauben, dass in dem Haus, aus dem er gerade gekommen war, eine erdrosselte Frau lag.

Beke lief um das Haus und dachte über die ersten Geständnisse nach. Im Dorf leuchtete die Kirchturmuhr, und auf der anderen Seite, hinterm Wald, blinkten die blauen Lichter der Bohrtürme. Das blaue Licht war ein Symbol für das zwanzigste Jahrhundert, das Atomzeitalter und, wenn auch nur mittelbar, für die Weltpolitik. Csalogány war also doch nicht so weit von alldem entfernt.

Was Hallers Geständnis betraf, so war dieses realistisch, aber einfallslos. Er hatte nur erzählt, was Beke selbst wusste und lediglich für die Oberfläche hielt. Umso mehr hatte Ali seiner Phantasie freien Lauf gelassen. Seine Theorie von der Köchin, die sich ins Haus gestohlen hatte, gab Beke, obwohl sie abenteuerlich klang, einen Anhaltspunkt für die Ermittlung. Am interessantesten war jedoch Frau Schwabiks Geständnis gewesen. Sie hatte bewusst oder unbewusst alles getan, um den Verdacht auf ihren Mann zu lenken. Wenn sie eine Mörderin war, dann eine außerordentlich gerissene. Und in dem Fall wäre auch nicht auszuschließen, dass sie sich am Morgen, als sie ihn im Nádor aufgesucht hatte, absichtlich selbst eine Falle gestellt hatte. Wer würde schon davon ausgehen, dass der Täter bereits vor der Tat seine Absicht aufdeckte und lauthals verkündete, wie sehr er das Opfer verabscheute? Nur vermag der Schein düsterer Absichten den Verdacht ebenso wenig zu beseitigen wie eine allzu theatralisch beleuchtete Unschuldsbekundung.

Bevor Beke das Behandlungszimmer verlassen hatte, hatte er festgestellt, dass die Rollläden nicht ganz akkurat heruntergelassen worden waren und zwischen den Latten Ritzen blieben, durch die jede Bewegung des Verhörten zu beobachten gewesen wäre. Deshalb hatte er Pintér und Decsi allein gelassen.

Als er jedoch am Fenster ankam, waren die Ritzen verschwunden; Pintér musste die Rollläden vollständig heruntergelassen haben. Nicht der kleinste Lichtstrahl drang aus dem Behandlungszimmer.

In seiner Ratlosigkeit lief Beke ums Haus. Seine einzige Chance wäre, wenn er in den Warteraum gehen könnte, den Haller jedoch mit Sicherheit abgeschlossen hatte. Zu Bekes größter Überraschung ließ die Tür sich jedoch öffnen. Haller, seine Frau oder Stefi mussten sie aufgeschlossen haben.

Beke dachte unwillkürlich an Stefi, die sich auf der Flucht vor Ali und Vértes wahrscheinlich hier versteckt hatte.

Als er den Warteraum betrat, sah er sofort die Spalte neben der verzogenen Tür, durch die er ins Behandlungszimmer linsen konnte.

Das Gleiche hatte auch Stefi tun können.

Rasch überdachte Beke die ihm zur Verfügung stehenden Informationen. Als Stefi verschwunden war, waren Haller und Decsi im Behandlungszimmer gewesen. Sie hatte die beiden also sehen und belauschen können.

Jetzt lugte auch er hinein. Der Tisch stand auf der anderen Seite des Raumes, von der Tür aus blickte man auf die kürzere Kante: Beke konnte Pintér vor und Decsi hinter dem Tisch besser sehen, als die beiden einander sahen.

Er verbrachte vielleicht zehn Minuten am Türspalt, ohne auf das Gesagte zu achten. Er wusste ohnehin, was Decsi im Wesentlichen zu sagen hatte. Hingegen das, was er *sah*, war wirklich wichtig. Decsis Daumen war nicht krumm, unter dem Schreibtisch bewegte er ihn ganz normal.

Beke trat zufrieden aus dem Warteraum. Er ging wieder ums Haus, zog im Flur den Mantel aus und betrat das verrauchte Behandlungszimmer.

«Sind Sie fertig, Genosse Oberleutnant?»

«Ja.»

Beke öffnete die Tür zum Warteraum und schob Decsi hinaus.

«Ich rufe dich gleich.»

Als sie zu zweit waren, wandte er sich sofort an Pintér. «Und?»

Der Oberleutnant antwortete mit gedämpfter Stimme. «Er behauptet, während der tödlichen Runde bei Fräulein Filipp gewesen zu sein. Als die Uhr acht schlug, sollen sie sich gerade geküsst haben.»

«Wo haben sie gestanden? Haben Sie danach gefragt?»

«Vor der Kommode. Wo der Mord geschah.»

Beke sah den Oberleutnant ratlos an. Aber dann sammelte er sich und sagte: «Der Verhörte kann sich irren.»

Darauf ging er zur Tür und rief Decsi.

## 27.

Magda Haller saß mit geradem Rücken auf dem Stuhl, die Beine geschlossen, wie ein Schulmädchen beim Aufsagen der Hausaufgaben. Aber Prüfungsfieber war ihr nicht anzusehen. Man hatte den Eindruck, als zöge der schwere, bronzefarbene Knoten ihr den Kopf nach hinten: Sie reckte das fein geschnittene Kinn entschlossen nach vorn und blickte Beke mit ihren grünen Augen selbstsicher an.

Beke rührte nicht gerne am Selbstbewusstsein einer Frau, aber in dem Fall war er dazu gezwungen. «Seit wann hast du graue Haare?»

Magda strich sich über den Kopf. «Siehst du auch nur ein graues Haar?»

«Nein, nur, dass du sie färbst.»

«Du irrst dich. Das ist meine natürliche Haarfarbe.»

«Im Gymnasium waren deine Haare aber flachsblond.»

«Ich habe sie damals gefärbt.»

«Als Schülerin?»

«Ja.»

Magda wusste, dass man sich das von einem Mädchen in Schuluniform schwer vorstellen konnte. Hastig fügte sie hinzu: «Es wäre sicherlich verständlicher, wenn ich sie jetzt, mit sechsunddreißig Jahren, färben würde. Aber vorerst muss ich es noch nicht.»

«Gratuliere ...»

«Karcsi ist da anderer Meinung.»

«Ach, komm schon. Würdest du ihm etwa mit grauen Haaren besser gefallen?»

«Mit blonden Haaren würde ich ihm besser gefallen. Er hat sich damals in Emmi Schweller verliebt und, wenn wir ehrlich sind, vielleicht auch sie geheiratet.»

Beke hatte bei Magda mit einer schwierigen Widersacherin gerechnet. Einer Verdächtigen, die sich geschickt und wirkungsvoll zu verteidigen wusste. Dennoch überraschte ihn diese Bemerkung.

«Drück dich bitte etwas klarer aus.»

«Bis Kriegsende musste ich dem Mädchen ähneln, dessen Papiere ich hatte, um der Verfolgung zu entgehen. Und sie war flachsblond.»

«Das verstehe ich. Aber wir haben das Abitur doch nach Kriegsende gemacht.»

Magda wurde kein bisschen verlegen. «Meinst du, ich hätte meine Identität gleich preisgeben sollen? Vielleicht hast du recht. Aber damals hatte ich nicht die Kraft, die

Wahrheit aufzudecken. Ich war zu zermürbt. Ich verbrachte ja nur noch einige Monate in Pécs, in der Zeit blieb ich Emmi Schweller. Übrigens kam sie auch aus Siebenbürgen, sie war ein sächsisches Mädchen aus Kronstadt. Jetzt lebt sie, soweit ich weiß, in Australien.»

Es war eine überzeugende Geschichte, aber mit dem Bild von Beas Leiche im Hinterkopf glaubte Beke sie nur zur Hälfte. Er dachte an Kriegsverbrecher, die sich nach dem Sieg der Alliierten als Juden ausgaben, sich, um ihre Identität nachzuweisen, entsprechende Papiere besorgten, um nicht zur Rechenschaft gezogen zu werden. Was bewies, dass sie die Wahrheit sagte? Dass Magda Hevesi nicht in einem Konzentrationslager umgekommen war und Emmi Schweller ihre Identität angenommen hatte? Im neuen System konnte sie ebenso einen falschen Namen benötigt haben wie Magda während der deutschen Besatzung. Vielleicht wollte die Familie Schweller nur vermeiden, ausgesiedelt zu werden und das aus Siebenbürgen nach Ungarn hinübergerettete Vermögen zu verlieren. Oder aber es steckte ein schwerwiegendes Verbrechen hinter der Namensänderung.

«Ihr habt mich damals für eine Hochstaplerin gehalten», sagte Magda. «Für ein Mädchen, mit dem man nicht ernsthaft reden konnte, das mit niemandem wahre Freundschaft schloss, häufig flunkerte, Geheimnisse hatte und prahlte. Vielleicht verstehst du mich jetzt, im Nachhinein.»

«Du hast uns so gefallen, wie du warst. Kokett, geheimnisvoll und unerreichbar.»

Beke merkte, wie falsch das Kompliment klang und dass Magda wohl ahnte, wie wenig sie ihn überzeugt hatte.

Dem war auch so. Alles, was Beke im Laufe der Ermittlung herausgefunden hatte, machte ihre Aussage fragwürdig.

«Bea war heute zum ersten Mal hier. Trotzdem frage ich dich: Gab es nicht irgendeine Meinungsverschiedenheit zwischen euch?»

«Es handelte sich nur um eine Kleinigkeit. Heute Vormittag bin ich mit jemandem im Mecsek spazieren gewesen, und Bea hat uns gesehen. Als sie dann plötzlich in der Tür stand, habe ich befürchtet, sie könnte irgendeine Anspielung machen, und das hat mir das Blut aus dem Gesicht getrieben. Ich nehme an, das ist dir aufgefallen.»

Nach kurzem Überlegen fügte sie hinzu: «Der Mann war übrigens ein Pole.»

Die Sorgfalt, mit der sie sogar ihr Erblassen erwähnt hatte, war auffällig. Beke wäre es recht gewesen, wenn sie über alles so genau berichtet hätte.

«Stefi und du, ihr benutzt das gleiche Parfüm. Seid ihr befreundet?»

«Im Gegenteil.»

«Versteht ihr euch nicht gut?»

«Das zu behaupten, wäre übertrieben. Wir haben einfach nur keine Beziehung zueinander. Weder eine feindschaftliche noch eine freundschaftliche. Das mit dem Parfüm hat Karcsi nur aus Spaß gesagt. Stefi benutzt immer einen ausgefallenen Duft, und ich nehme selbst Lavendel nur selten.»

Beke wechselte unauffällig das Thema.

«Ich habe gehört, Stefi habe früher einmal einen Verehrer gehabt, der dann ins Ausland gegangen sei. Erinnerst du dich an ihn?»

«Ich habe ihn nur auf einem Foto gesehen.»

«Sah er gut aus?»

«Ich glaube schon. Ein großer Mann mit dunklen Augen und einem verwegenen Blick. Wie der Kapitän eines Segelschiffs aus einem Abenteuerroman. Wahrscheinlich ein windiger, unzuverlässiger Kerl.» Magda dachte eine Weile nach und sagte dann zögerlich: «Ich glaube, er sah Decsi ähnlich. Nicht nur die Augen, auch die Züge. Natürlich kann ein Foto täuschen.»

Beke wollte das Verhör an dieser Stelle beenden.

«Danke», sagte er höflich, «das hat mir auch schon weitergeholfen.»

«Da ist vielleicht noch etwas.»

Überrascht fragte Beke: «Und das wäre?»

«Vor einigen Tagen habe ich in Pécs eine alte Schulfreundin getroffen, die jetzt Kunsthistorikerin ist. Sie kam gerade aus Budapest, also fragte ich sie, ob sie die Csontváry-Ausstellung gesehen habe. Daraufhin erzählte sie mir, kürzlich habe ihr jemand in Pécs ein Csontváry-Gemälde mit dem Titel ‹Rote Orangen› zum Verkauf angeboten, sich dann aber nie wieder gemeldet. Meine Freundin fand es natürlich schade. Sie sagte, es handele sich um ein kleinformatiges, aber wertvolles Bild, an das sie sich noch aus ihrer Schulzeit erinnere. Sie habe es damals bei der Familie Hampel gesehen und gedacht, sie hätten es bei ihrer Emigration mitgenommen. Sie habe sich gewundert, dass es nun plötzlich aufgetaucht sei.»

Beke fragte skeptisch: «Und der Verkäufer ist verschwunden?»

Als wollte Magda Beke für sein vorheriges Misstrauen büßen lassen, sagte sie mit einem überlegenen Lächeln:

«Nein, du irrst dich. Meine Freundin erkannte sie auf der Theaterbühne in Pécs, bei einer Ballettaufführung. Nach der Vorstellung wartete sie auf sie, um mit ihr zu reden. Aber zu dem Zeitpunkt leugnete die Tänzerin bereits, jemals dieses Angebot gemacht zu haben.»

Sie stand auf und sagte mit dem Stolz einer Kronzeugin: «Ihr Name war Bea Nicky.»

## 28.

Vértes betrat das Behandlungszimmer mit einem besorgten Gesicht.

«Du bist bestimmt erschöpft», sagte er zu Beke.

«Nimm trotzdem ruhig Platz.»

Vértes setzte sich scheu. Er wirkte wie ein Gast, der befürchtet zu stören. Den Kopf zur Seite geneigt, sah er Beke mit tiefer Anteilnahme an. «Sag mal, rauchst du nicht ein bisschen zu viel?»

«Darüber brauchst du dir nicht den Kopf zu zerbrechen.»

«Na ja, ist natürlich kein Wunder. Unter diesen Umständen. Das ist doch entsetzlich. Man macht einen Ausflug, um sich zu entspannen, und schon hat man es mit einer Leiche zu tun. Ich hoffe nur, dass du dafür, was du hier tust, wenigstens eine Prämie erhältst. Ich weiß ja nicht, was bei euch so Usus ist, aber verdienen würdest du es. Mit den Augen eines Laien betrachtet, ist dieser Fall mehr als mysteriös. Wenn du herausbekommen könntest ...»

Beke nahm das Geldbündel und fiel ihm ins Wort.

«Wenn du nichts dagegen hast, können wir gleich damit beginnen. Hör zu, das sind tausendfünfhundert Forint, und du hast zweitausend abgehoben. Wo ist der Rest?»

Vértes sah Beke verstört an. «Es fehlen fünfhundert? Dabei habe ich dir doch das ganze Bündel gegeben», sagte er, und seine Stimme klang ehrlich.

«Bist du dir sicher, dass du mir alles gegeben hast?»

«Also, ich habe nichts mehr.»

«Dann verstehe ich einiges», sagte Beke und nahm die Visitenkarte in die Hand. «Warum du hinausgegangen bist und auch, wie diese Karte zu dir gekommen ist.»

Vértes begann zu zittern. «Ich war doch nur auf der Toilette! Warum glaubst du mir nicht?»

«Weil ich die von deinen zweitausend Forint fehlenden fünfhundert in Beas Handtasche gefunden habe. Bea hatte die Scheine in ein Extrafach getan, deshalb hast du sie nicht bemerkt. Das ist ja auch verständlich, schließlich hast du dich beeilen müssen.»

«Ich weiß nicht, wovon du sprichst.»

«Du wirst mich schon gleich verstehen. Das Geld ist nicht in Beas Handtasche geflattert, und sie hat es auch nicht geklaut. Du hast es ihr gegeben. Warum du über das Fehlen der fünfhundert Forint trotzdem überrascht warst, kann nur einen Grund haben. Nämlich, dass du geglaubt hast, ihr bereits alles wieder abgenommen zu haben. Das ist interessant, nicht?»

Vértes war leichenblass. «Ja … in der Tat … aber …»

Bekes Ton wurde bedrohlich. «Weißt du, was du dir zurückgeholt hast? Diese tausendfünfhundert. Fünfhundert sind bei ihr geblieben, weil du nicht genug Zeit gehabt hast.»

Nach einer kurzen Pause sagte er distanziert, beinah eisig: «Wenn du meinst, kannst du natürlich auch aussagen, dass Bea es von dir geklaut hat. Dann verabschieden wir uns schön voneinander, und andere werden sich um dich kümmern.»

«Aber mein lieber Freund! Ist denn zwischen uns so etwas nötig? Sollte ich gerade dich anlügen, den Menschen, von dem ich mir Unterstützung erhoffe? Das Geld hat sie wirklich von mir bekommen.»

Er machte ein reuevolles Gesicht und deutete auf die alte Armbanduhr, die Pintér in Beas Pelzmantel gefunden hatte. «Für dieses wertlose Ding.»

Bekes Ton wurde wieder etwas sanfter: «Zweitausend waren zu viel dafür. Was hat dich dazu bewogen?»

«Übertriebene Fairness, wenn du es genau wissen willst. Die Uhr habe ich noch in London gefunden, auf Robis Tennisplatz. Jemand hatte sie verloren. Das war zur gleichen Zeit, als auch das Ballett in London war. Ich traf Bea, und sie schwatzte sie mir ab. Am nächsten Tag kam jemand, der nach der Uhr suchte, und ich erzählte aus purer Ehrlichkeit, was geschehen war. Ich gab sofort mein Wort, die Uhr nach meiner Heimreise wieder zurückzukaufen. Ich bin mir sicher, das hättest du auch getan.»

«Ja, gewiss», sagte Beke.

«Leider wusste Bea das und verlangte einen Wucherpreis. Zweitausend Forint. Heute Vormittag in Pécs habe ich zu ihr gesagt, das sei eine Frage der Ehre für mich. Hätte ich das bloß nicht gesagt! Offenbar sah sie mir an, dass ich es ernst meine.»

«Was sie aber nicht sah, war, wie du in ihrer Tasche gekramt hast. Konnte sie ja auch nicht. Da war sie bereits erwürgt worden.»

«Ich bitte dich. Wer hätte denn das gedacht? Wer hätte gedacht, dass man sie in der Zwischenzeit umbringt? Ich bin doch kein Leichenfledderer. Ich habe die Uhr zurückgegeben und mir mein Geld genommen. Das hätte ich nicht offen machen können, sie hätte nicht eingewilligt. Wie wir es auch betrachten, hier wurde ein Geschäft rückgängig gemacht, das auch deiner Meinung nach nicht fair war.»

«Über Fairness reden wir jetzt mal lieber nicht.»

Vértes richtete sich auf, sackte dann aber gleich wieder zusammen. «In Ordnung. Aber eines musst du wissen: Auch mein Leben schwebt in Gefahr. Das Monster, das sich hier herumtreibt, hat mich heute Abend ebenfalls angegriffen.»

«Ach, komm. Was hat es denn getan?»

«Es hat mich mit einem Stück Cremetorte beworfen.»

«Während des Spiels?»

«Ja. In der dritten Runde. Offenbar hasst es auch mich, da kann ich von Glück reden, dass es sich nicht meine Kehle geschnappt hat. Aber vielleicht kommt es ja noch dazu.»

«Ausgeschlossen. Ihr werdet überwacht.»

«Danke, das beruhigt mich.»

«Aber sag mal, wie ist das passiert?»

«Irgendetwas schlug mir gegen die Brust, und ich fasste gleich hin. Ich berührte eine weiche Masse, als hätte ich in eine Schüssel gegriffen. Aber leider war es mein Jackett. Ein ganz neues Stück! Ich wollte gleich hinausgehen, nun auch wegen der Creme. Aber die Tür zum Speisezimmer ...»

«Ich weiß, die war abgeschlossen.»

«Mit dem Schlüssel hatte ich kein Problem. Der ließ sich leicht drehen.»

«Was hielt dich dann zurück?»

«Ich fand die Tür nicht. Ich lief mehrere Minuten lang durch den Raum, ohne zu wissen, wo ich war. Irgendeine magische Kraft verhinderte, dass ich das Zimmer verließ. Ich irrte umher, als wäre ich betrunken.»

Beke zündete sich schnell eine Zigarette an. «Das ist wirklich interessant. Soweit ich weiß, trinkst du nie, auch heute Abend nicht.»

«Ich gebe zu, das ist seltsam.»

«Seltsam? Hätte es diese ‹magische Kraft› nicht gegeben, würde Bea noch leben!»

«Hast du demnach schon eine Spur?»

Beke antwortete nicht. Er deutete nur mit einer wortlosen Geste an, das Gespräch beendet zu haben, und stand mit kühler Miene auf. Vértes blieb jedoch sitzen.

«Wenn ich richtig sehe, ist das dort Benzin», sagte er und deutete aufs Regal. «Würdest du mir gestatten, es zu benutzen, ich würde gerne den Fleck …»

Pintér fuhr ihn an. «Was fällt Ihnen eigentlich ein? Das ist ein Indiz!»

«Ja, aber eins, das eintrocknet.»

«Na und? Gerade das brauchen wir doch. Schade eigentlich, dass wir hier kein Fixiermittel haben.»

Vértes' Miene verfinsterte sich. «Eine Bitte hätte ich noch. Wenn du nichts dagegen hast, würde ich gerne ein bisschen arbeiten. Ich habe einige Rohübersetzungen aus dem Türkischen dabei. Ich könnte an den Gedichten feilen. Ich muss sie bald abgeben.»

«In Ordnung», sagte Beke, «aber dass du es auch mit Hingabe machst. Erlaube dir keine Schludrigkeiten, keine krampfhaften Reime. Stell dir vor, es wäre dein Schwanengesang.»

Vértes sah ihn entsetzt an. «Wie meinst du das? Warum Schwanengesang?»

«Wieso nicht? Das war nur als guter Rat gemeint.»

«Ach so. Das ist was anderes», erwiderte Vértes. Er machte ein langes Gesicht und verließ das Behandlungszimmer.

## 29.

Schwabik fühlte sich zermürbt, wie ein Gefangener, den man gerade aus seiner Zelle geholt hat. Seine große, drahtige Gestalt sank hilflos auf den Stuhl, die Schultern fielen nach vorn, als hätte er wochenlang untätig herumgesessen.

Beke wusste, dass sich hinter offen zur Schau getragenem Schuldbewusstsein genauso wie hinter Unschuldsbeteuerungen die Hoffnung verbergen konnte, den Ermittler hinters Licht zu führen. Verbrecher können ihre Angst nur schwer kaschieren und versuchen es oft gar nicht erst. Es ist für sie einfacher, nur den Grund ihrer Furcht zu leugnen. Sie geben zu, Angst zu haben, behaupten jedoch, das habe nichts mit dem Verbrechen zu tun, sondern nur damit, dass sie verdächtigt werden. Sie räumen ein, einen Fehler begangen zu haben, indem sie etwas zu tun versäumten, das sie hätte entlasten können. Das alles wusste Beke, dennoch sah er Schwabik teilnahmsvoll an.

«Wenn ich kann, helfe ich dir. Du musst mir nur alles ehrlich erzählen.»

Schwabik zuckte resigniert mit den Schultern. «Nach dem Anruf aus Pécs wollte ich mit dir sprechen. Da hätte es noch einen Unterschied gemacht.»

«Bea wollte auch ein Geständnis ablegen und hat es versäumt. Sie kann es nicht mehr nachholen, du schon.»

«Es bringt nichts. Es ist zu spät.»

Beke nahm eine kühlere Haltung an. «In der Tat; egal, was du sagst, das Entscheidende lässt sich nicht mehr ändern. Und das Entscheidende ist, dass es in deinem Interesse lag, Bea umzubringen. Bea wusste nicht nur von dem Csontváry-Bild ...»

Schwabik sah ihn verdutzt an. «Hat sie dir also davon erzählt?»

«Nicht mir, jemand anderem. Sie war wahrscheinlich neugierig, wie viel sie für das Bild bekommen könnte. Oder, um genau zu sein: wie viel ihr beide dafür bekommen könntet. Es ging ja auch nicht nur um das Bild, sondern um alles, was Hampel und seine Frau in Ungarn gelassen hatten. Was in ihrem Haus geblieben war. Eingemauert. Da Bea ohne dich nicht an die Sachen herankam, weihte sie dich ins Geschäft ein. Deshalb wolltest du die Wohnung nicht renovieren lassen. Deshalb hast du auch die Maurer weggeschickt. Ihr wurdet zu Komplizen, und Komplizen sind sich gegenseitig oft eine Last. Vor allem wenn einer von beiden schwankt, wenn zu befürchten ist, dass er das Geheimnis preisgibt. Und das hatte Bea offenbar vor. Leider hat sie es nicht mehr geschafft. Wir haben uns heute Vormittag getroffen, und bis zum Abend hätte sie sich mir anvertrauen können. Selbst wenn sie im Westen gelebt und die Möglichkeit gehabt hätte, einen Privatdetektiv zu engagieren, hätte sie es nicht bequemer haben können. Ich stand ihr zur Verfügung, das Schicksal bot ihr die Möglichkeit, ein Geständnis abzulegen und Schutz zu suchen. Genau das hat der Mörder befürchtet, weshalb er lieber schnell mit ihr abrechnete.»

Beke verstummte und fügte dann in sanfterem Ton hinzu: «Das alles ist nur eine Theorie, die du noch widerlegen kannst ...»

Schwabik winkte resigniert ab. «Wie?»

«Wenn du ein Alibi nachweisen kannst. Erzähl mir, was du während des Spiels gemacht hast. Jede einzelne Minute.»

«Nichts. Ich saß in einem Sessel. Ich dachte mir, dass Ali der Mörder war und mich nicht töten würde, da er hinter Bea her war. Mich hat das ohnehin nicht interessiert. Das ganze Spiel, das Treffen. Ich glaube, ich habe sogar vergessen, dass ich hier in Csalogány war. Ich war allein und habe nichts gesehen.»

«Auch die Kaminuhr nicht?»

«Einmal habe ich hingeschaut. Sie ging nach.»

«Wie kommst du darauf?»

«Weil meine Armbanduhr genau geht. Daher weiß ich, dass du das Licht einige Minuten vor acht ausgeschaltet hast. Auf der Kaminuhr war es aber wesentlich früher.»

«Wie spät?»

«19 Uhr 40.»

«Seltsam. Die anderen haben gehört, wie es acht Uhr geschlagen hat. Einige Minuten nachdem ich das Zimmer verlassen hatte.»

Schwabik zuckte wieder mit den Schultern. «Kann sein.

Vielleicht habe ich es auch gehört, erinnere mich bloß nicht daran. Aber das Zifferblatt habe ich genau gesehen.»

Beke stellte seine Armbanduhr auf 19 Uhr 40. Er besah sich das Zifferblatt und stellte sie dann wieder richtig ein.

«Es freut mich, dass du mich unterstützt. Wenn du zugibst, dass du mit mir sprechen wolltest, streitest du sicherlich auch nicht ab, was ich über das Hampel-Vermögen gesagt habe. Darüber wolltest du ja mit mir reden. Über das Geheimnis, das dich und Bea verband …»

Schwabik sah Beke erleichtert an. «So ist es. Ich habe schon heute Vormittag beschlossen, dir alles zu erzählen, falls ich am Telefon eine gute Nachricht bekommen würde.»

«Was wäre das denn gewesen?»

«Dass ich keinen Kehlkopfkrebs habe.»

«Hat der Anruf heute Abend damit zu tun gehabt?»

«Ja, es war der Arzt. Er hat mir das Ergebnis der Gewebeuntersuchung mitgeteilt. Er meint, es sei negativ.»

«Hast du es ihm nicht geglaubt?»

«Nein. Also in den ersten Minuten schon. Aber dann wurde mir klar, dass es seine Pflicht war zu lügen.» Er verstummte und fügte dann verzweifelt hinzu: «Seitdem ich zu den Mordverdächtigen gehöre, fange ich an zu glauben, dass ich vielleicht doch keinen Krebs habe. Seitdem ich wirklich in Lebensgefahr bin.»

«Das ist sehr lehrreich, ändert aber nichts an den Tatsachen. Weder an deinem Versäumnis, das Hampel-Eigentum zu melden, noch an dem dich belastenden Verdacht, jemanden aus finanziellem Interesse vorsätzlich getötet zu haben. Den einzigen Menschen, der außer dir von dem Vermögen wusste!»

Beke wartete, bis Schwabik sich darüber im Klaren war, in was für einen Schlamassel er geraten war. Dann warf er ihm den Rettungsring zu: «Vorausgesetzt, dass wirklich nur ihr davon gewusst habt. Wenn es nicht jemanden gibt, dem ihr beide im Weg wart. Das wäre deine einzige Chance, aus der Sache herauszukommen. Denk nach. Wer konnte dem Geheimnis auf die Spur kommen?»

Schwabik schien mit sich zu hadern. «Vielleicht hat Bea ja eine ihrer Freundinnen eingeweiht.»

«Das ist möglich. Aber Bea ist tot und diejenige somit in Sicherheit. Du aber sitzt hier ...»

Schließlich überwand sich Schwabik und sagte: «Es kann sein, dass meine Frau dahintergekommen ist. Wenn ja, hat sie womöglich jemandem davon erzählt. Ja, das hat sie sicherlich. Dann hat derjenige es weitergegeben. Und irgendwann ist die Information beim Mörder angelangt.»

«Nehmen wir an, es war so. Wie hat Márta davon erfahren?»

«Vielleicht hat sie uns ja belauscht. Bea und ich haben uns einmal nachmittags heimlich in einer Konditorei getroffen. Vielleicht war sie auch da. Ich habe einen Mann gesehen, der mit dem Rücken zu uns saß und eine Sportzeitung las ...»

«Langsam wird es spannend.»

«Mein Blick streifte seine Schuhe, und mir stockte der Atem. Es waren meine Schuhe. Ich besah ihn mir ein bisschen näher und erkannte auch meine Hose. Vielleicht war es nur Einbildung, schließlich tragen viele diese Hosen. Einige Minuten später zahlte er, ohne ein Wort zu sagen, und stand auf. Als er dann in Richtung Tür ging, hatte ich den Eindruck, im Spiegel Mártas Gesicht zu erkennen.

Aber ich wiederhole: Es mag alles nur ein Trugbild gewesen sein. Ich hatte immer Angst, dass sie uns eines Tages zusammen erwischt, und sah sie überall, auch in Männern. Dennoch, das Muster der Hose, die geflickte Stelle …»

Beke wusste nicht, ob er über Schwabiks Raffinesse oder die seiner Frau staunen sollte. Er erhob sich und sagte verschlossen: «Das klingt alles ziemlich unwahrscheinlich. Obgleich Márta doch recht extravagant sein kann …»

«Womit habe ich zu rechnen? Sag es mir.»

«Auf keinen Fall mit Krebs. Und was die Ermittlung betrifft, die ist noch nicht abgeschlossen.»

Schwabik war bereits im Flur, als Beke ihm hinterherrief: «Warte noch einen Augenblick. Wie hieß gleich die Apotheke von Hampel?»

«Erzengel. Sie hieß Erzengel-Apotheke.»

«Ach, ja, natürlich. Ich erinnere mich.»

## 30.

«Was denken Sie?», fragte Beke den Oberleutnant.

Dieser hatte gleich eine Antwort parat: «Ich sehe drei Möglichkeiten. Die eine ist: Schwabik ist der Mörder, und seine Frau hat das Motiv dummerweise verraten. In diesem Fall wusste sie vielleicht gar nicht von den versteckten Wertgegenständen. Die andere Möglichkeit ist, dass sie Bea Nicky umgebracht hat. Aus Eifersucht oder um neben dem Vermögen auch ihren Mann zu behalten.»

«Nur, dass Schwabik und seine Frau sich gegenseitig beschuldigen», unterbrach ihn Beke. «Durch Andeutungen, also nur indirekt, und es uns überlassen, die belastenden Schlüsse aus ihren Bemerkungen zu ziehen. Die Frau hat ihren Mann angeschwärzt und der Mann sie. Sind Sie sich sicher, dass auch nur einer von beiden es unbewusst und wohlwollend getan hat, um die Ermittlungen zu erleichtern? Oder haben die beiden Angst voreinander? Halten sie jeweils den anderen für ihren Feind?»

«Meine dritte Hypothese bezieht sich gerade darauf», sagte Pintér. «Den Mord hat auch in diesem Fall die Frau begangen, nur nicht aus Eifersucht auf Bea, sondern auf ihren Mann. Sie hat nicht ihre Rivalin, sondern ihre homosexuelle Partnerin erwürgt. Die Partnerin, die sich von ihr abgewandt hatte, mit ihrem Mann ein Verhältnis anfing und bereit war, sich an die Polizei zu wenden, um den Belästigungen einer gestörten Frau zu entgehen. Dabei hatte Frau Schwabik schon all ihre Hoffnung in den Krebs ihres Mannes gesetzt, dachte, bald hätten sie sich des lästigen Dritten entledigt und das Hampel-Vermögen bliebe auch bei ihnen. Wenn es so war, hatten Schwabik und Bea Nicky tatsächlich vor, die versteckten Gegenstände zu melden, wodurch Frau Schwabik alles verloren hätte. Deshalb entschied sie sich, Bea Nicky zu töten. Zuvor schlüpfte sie aber noch kurz in die Rolle der eifersüchtigen Ehefrau, die befürchtet, von ihrem Mann verlassen zu werden, und keine Ahnung hat, welches Geheimnis die besagte Wand ihrer Wohnung birgt. Vielleicht verriet der Apotheker es ihr gar nicht, aber sie konnte leicht dahinterkommen. Man muss nur an die Sache mit den markierten Hundert-Forint-Scheinen denken, um zu wissen, dass sie ihm nachspionierte. Zumindest glaubt sie, es sei ein gutes Alibi, Unwissenheit vorzutäuschen. Jetzt ist sie nur noch bestrebt, den Verdacht auf ihren Mann zu lenken. Damit wäre die Rache vollkommen. Die Frau hat sie ermordet, und den Verführer bringt sie an den Galgen. Was das versteckte Vermögen betrifft, hat sie vielleicht sogar schon einen Teil davon ergattert. Selbst wenn Schwabik uns genaue Informationen, eine detaillierte Liste geben würde, wer würde schon einem Mörder glauben?»

«Ein interessantes Bild, das Sie da entwerfen. Nur leider fehlen darin einige Farben, die in den Geständnissen allzu grell hervortraten. Zum Beispiel die Aussage Frau Schwabiks, in der tödlichen Runde im Dunkeln mit Stefi Filipp zusammengestoßen zu sein.»

«Das kann auch gelogen sein. Wenn es stimmt, dass die Sprechstundenhilfe zur gleichen Zeit mit Decsi zusammen war, kann Frau Schwabik sie unter keinen Umständen getroffen haben. Sie hat Bea Nicky getroffen und sie erwürgt. Fräulein Filipp, die Genosse Hauptmann mit Sicherheit nicht zufällig zum Schluss anhören wollte, wird diesen Punkt wahrscheinlich klären können …»

«Das wollen wir hoffen. Bringen Sie sie herein.»

Stefi war die einzige Frau, die ihre Handtasche zum Verhör mitbrachte. «Vielleicht wollen Sie ja wissen, ob ich nicht etwas zu verbergen habe. Hier, bitte, durchsuchen Sie sie.»

«Das ist nicht notwendig. Was mich interessiert, können Sie mir vielleicht auch geben. Ohne dass wir Ihre Tasche durchsuchen müssten.»

«Und das wäre?»

«Ein Foto von Ihrem ehemaligen Verehrer.»

Stefi öffnete ihre Handtasche und holte das Foto heraus. «Bitte.»

Das Bild war zerschnitten. Es fehlte die Hälfte, auf der die Gestalt neben dem jungen Mann zu sehen gewesen war. Er selbst erinnerte aber wirklich an Decsi.

«Können Sie mir sagen, wer hier abgeschnitten wurde?»

Stefi zog eine saure Miene. «Meine Vorgängerin. Während der Aussiedlungen hatte man nicht viel Gelegenheit, sich fotografieren zu lassen. Dodi konnte mir nur dieses Bild geben. Seine verflossene Liebe schnitt er einfach ab. Er sagte mir nur, sie habe schöne lange, rote Haare und dunkelblaue Augen gehabt. Sie muss eine sinnliche, elegante Puppe gewesen sein.»

Beke dachte an das Flüstern, das er im Dunkeln gehört hatte: «Auf dem Foto waren zwei Personen. Er und Sie.» Aber unter den Anwesenden war keine Frau, die Stefi gesiezt hätte.

Er gab ihr die Fotografie zurück. «Es muss seltsam für Sie gewesen sein, als Sie Doktor Decsi getroffen haben. Er sieht Ihrem ehemaligen Verehrer wirklich ähnlich.»

«Das war es auch. So sehr, dass es mir Ihr Freund sogar ein bisschen angetan hat ...»

«Ich möchte, dass Sie ehrlich zu mir sind. Was haben Sie während der dritten Runde gemacht?»

«Ich habe Herrn Decsi geküsst.»

«Wo?»

«Im Salon. In der Nähe des Ofens.»

«Also nicht neben der Kommode?»

«Wo?!» Stefi sah Beke an, als hätte er eine völlig absurde Frage gestellt.

Beke nickte freundlich. «In Ordnung. Aber warum ist es erst in der dritten Runde dazu gekommen?»

«Was ist daran so seltsam?»

«Dass in der zweiten Runde noch Haller Sie küssen wollte ...»

«Das war doch nur ein Scherz von meinem Chef. Wenn er wirklich etwas von mir wollte, hätte er vorher schon tausend Gelegenheiten dazu gehabt. Und das wissen Sie auch.»

«Natürlich.» Mit gespielter Gleichgültigkeit zündete sich Beke eine Zigarette an. Sosehr er jedoch mit dem lodernden Streichholz fuchtelte, die kleine Flamme wollte nicht erlöschen. «Sind Sie während der dritten Runde nicht mit jemandem zusammengestoßen?»

«Mit wem?»

«Das weiß ich nicht, und vielleicht wissen Sie es auch nicht. Aber derjenige könnte Sie erkannt haben.»

«Woran?»

«An Ihrer Frisur. Sie sind die einzige Frau mit kurzen Haaren. Wenn ich richtig sehe, waren Sie erst heute Vormittag beim Friseur ...»

«Das stimmt», erwiderte Stefi mit einem Lächeln.

«Dabei haben Sie sie gut ausgekämmt.»

«Ja, sie waren verklebt.»

«Sind Sie nass geworden?»

«Ja, das bin ich. Und zwar wegen des Treffens. Mein Chef ist in den strömenden Regen hinausgegangen, um für Ihr Festessen Pilze zu sammeln. Ich habe mir gedacht, ich lasse ihn nicht völlig durchweichen, und ihm den Regenmantel gebracht.»

«Stimmt ja, Sie sind da nicht so empfindlich. Haller sagt, Sie seien eine ausgezeichnete Sportlerin gewesen.»

«Ach was! Ich hatte den Spottnamen ‹Weichspielerin›.»

Mit einem Blick auf den Topasring, der Stefis Hand

zierte, fragte Beke: «Haben Sie den von Ihrem Verehrer bekommen?»

«Nein. Das ist ein Familienstück.»

Stefi hielt Beke die Hand hin. «Schauen Sie ihn genau an.»

Der in den Ring eingefasste Stein war groß und funkelte.

«Würden Sie ihn kurz abnehmen?»

«Das geht leider nicht. Er ist zu klein. Ich trage ihn seit meiner Kindheit. Aber wenn Sie wollen, können Sie ihn absägen …»

«Danke, das wird nicht nötig sein. Ich habe keine weiteren Fragen.»

Beke deutete Pintér an, Stefi ins Speisezimmer zurückzubegleiten.

Es war kurz nach halb elf.

## 31.

Die acht Verdächtigen hatten außer dem einen Glas Wasser, das Beke ihnen persönlich gebracht hatte, nicht einmal etwas zu trinken bekommen. Sie saßen seit Stunden am Tisch, hinter verschlossenen Türen. Die Stille, während jeder auf sein eigenes Verhör wartete, und die durch die Frage, wer nicht aus dem Behandlungszimmer zurückkehren würde, ausgelöste Anspannung, wurden zunehmend größer. Und mit jedem, der zurückkam, schwand die Hoffnung, endlich freizukommen.

Als Stefi, die als Letzte verhört worden war, sich wieder

zu ihnen setzte und sie verstanden, dass sie noch unbestimmte Zeit in dieser Ungewissheit verharren mussten, während der Mörder unter ihnen weilte, eskalierte die Stimmung. Der Unmut brach als Erstes aus Frau Schwabik heraus: «Das ist eine Schweinerei», rief sie, «lassen Sie uns sofort frei! Ich will nicht umgebracht werden.»

«Seien Sie still», sagte der ältere der Arbeiterwachen und richtete seine Maschinenpistole auf sie.

Aber Frau Schwabik zeterte weiter.

«Bitte, erschießen Sie mich doch», sagte sie. «Das ist immer noch besser, als erwürgt zu werden. Der Mörder sitzt hier und kann es gar nicht erwarten, das nächste Opfer zur Strecke zu bringen …»

Der Bergarbeiter entsicherte die Waffe und sagte: «Sind Sie verrückt geworden, wie kommen Sie darauf, dass Sie angegriffen werden?»

Schwabik sagte mit düsterem Blick: «Es reicht ein Kurzschluss …»

In diesem Augenblick trat Pintér ein.

«Der Genosse Hauptmann möchte Sie sprechen», sagte er an den Gastgeber gewandt.

«Noch einmal?», fragte Ali verdutzt.

Vértes winkte resigniert ab. «Ich wusste es. Jetzt geht das Ganze von vorne los.»

Haller war überrascht, dass Pintér ihn nicht ins Behandlungszimmer, sondern in den privaten Teil des Hauses brachte.

Beke saß im Salon und bat Haller, sich zu setzen.

Die Tote befand sich nicht mehr im Raum.

Der Arzt sank teilnahmslos in den Sessel. «Ich wüsste nicht, was ich dir noch sagen könnte.»

«Es ist nur eine Kleinigkeit. Falls du dich daran erinnern kannst.»

«Ich bitte dich, frag.»

«Gab es bei euch in letzter Zeit einen Großputz?»

«Ja, es war das absolute Chaos. Wir hatten alle Möbel herausgeschafft, kannst du dir ja vorstellen. Ich konnte mich nicht einmal setzen. Und das Ganze wegen euch, wegen des Treffens. Weißt du, wenn ich einen Privatpatienten habe, bitte ich die Angehörigen meist in den Salon und biete ihnen etwas zu trinken an. Nun, in den letzten Tagen war nicht einmal das möglich.»

«Wann war alles wieder aufgeräumt?»

«Gestern Mittag. Das weiß ich, weil eine meiner Patientinnen ihren Sohn mitgebracht hat. Du kannst dir vorstellen, wie das auf dem Land ist: Die Patienten erwarten, dass man sich um sie kümmert. Also habe ich den kleinen Kerl hierhergeholt. Während der zehn Minuten, in der ich seine Mutter untersucht habe, hat er hier gespielt.»

«Womit? Weißt du das noch?»

Haller stand bereitwillig auf und nahm einen alten Pappkarton aus dem Bücherregal. «Hier. Relikte aus meiner Kindheit. Dominos, Bausteine, Murmeln.»

«Danke. Du kannst es zurückstellen.»

Unterdessen zündete die Grundschullehrerin für den Fall, dass es wirklich zu einem Stromausfall kommen sollte, die Kerzen auf dem Tisch im Speisezimmer an. Sie beugte sich gerade zu der vor Decsi stehenden Kerze, als das von der flackernden Flamme beleuchtete Gesicht plötzlich blau anlief. Decsi krümmte sich nach vorn, drückte die Hand auf den Magen und rutschte bewusstlos vom Stuhl. Noch bevor ihm jemand hätte zu Hilfe kommen können, fiel er zu Boden, zuckte kurz und blieb reglos liegen.

Auf dem Tisch stand neben dem unbenutzten Besteck das leere Wasserglas.

Das aufgebrachte Geschrei der anderen war bis in den Salon zu hören. Beke sprang auf und lief ins Speisezimmer.

Haller blieb allein mit dem Oberleutnant. «Was ist passiert?», fragte er.

«Nichts, was Sie angeht.»

Aber Haller sah, dass Pintér sich nur schwer beherrschen konnte und ebenso blass und nervös geworden war wie er selbst.

Sie schwiegen einige Minuten.

Dann kam Beke mit ernster, aber ruhiger Miene zurück.

«Decsi hat sich vergiftet.»

Haller schreckte hoch. «Wo ist er?»

«Im Behandlungszimmer. Aber du wirst nicht benötigt.»

«Ist er tot?»

«Er hat Zyankali genommen. Das ist das einzige Gift, dessen Symptome ich genau kenne. Wahrscheinlich hatte er die Kapsel im Mund.»

Beke setzte sich erschöpft.

«Es tut mir leid, aber ich glaube auch jetzt noch nicht, dass er der Täter war. Es war wahrscheinlich ein sogenannter psychischer Kurzschluss. Er hatte Angst und verlor die Nerven. Die Ermittlungsgruppe aus Pécs wird die Sache aufklären. Ich hoffe, spätestens bei Sonnenaufgang sind sie da.»

Er wandte sich an Pintér. «Das Haus bleibt bis dahin verschlossen, niemand darf das Speisezimmer verlassen. Ich erwarte weiterhin strenge Disziplin.»

«Ja, Genosse Hauptmann.»

«Begleiten Sie den Herrn Doktor zurück und teilen Sie den anderen mit, was ich gesagt habe.»

Pintér wollte schon losgehen, aber Beke hielt ihn zurück. «Noch etwas: Falls jemand mit mir sprechen will, soll er sich melden.»

Pintér kam mit Stefi zurück. Sie war blass, aber entschlossen. «Ich habe Sie vorhin angelogen. Decsi und ich, wir haben uns nicht geküsst. Ich war nicht bei ihm, als der Mord geschah.»

«Ich verstehe. Und warum wollten Sie mich hinters Licht führen?»

«Weil mir Decsi sympathisch war. Ich habe gesehen, dass er in der Klemme steckte. Ich wollte ihm helfen.»

Beke sah sie vorwurfsvoll an. «Glauben Sie, ich hätte das nicht geahnt?»

Stefi zuckte mit den Achseln. «Wäre er klüger gewesen, hätte ich ihn wirklich retten können. Was aber Ihre andere Frage betrifft: Während der dritten Runde hat mich wirklich jemand berührt. Aber nur kurz. Vielleicht habe ich es mir auch nur eingebildet.»

«Gewiss. So etwas weiß man nie sicher. Auf jeden Fall ist es gut, dass Sie sich zu dem Geständnis entschlossen haben. Das wird Ihre Lüge von vorhin mildern. Genauer gesagt, die Verantwortung, die Sie dafür übernehmen müssen.»

«Ich hoffe, Sie werden großzügig mit mir sein. Frauen können sehr emotional sein, und wissen Sie, Decsi sah meinem Verehrer wirklich ziemlich ähnlich. Ich habe das Gefühl, ihn ein zweites Mal verloren zu haben. Aber das ist meine Sache.»

Stefi drehte sich um und ging ruhigen Schrittes hinaus.

Beke blätterte seine Notizen durch und wartete, ob sich noch jemand meldete.

Aber Pintér kam allein aus dem Speisezimmer zurück.

## 32.

Pintér ermittelte zum ersten Mal gemeinsam mit Hauptmann Beke, der als einer der talentiertesten Mitarbeiter der operativen Abteilung galt. Seine Neugier, alles zu erfahren, was seinem Vorgesetzten durch den Kopf ging, war also durchaus nachvollziehbar. Beke teilte seine Gedanken gerne mit ihm und schätzte seine Meinung. Nach jedem einzelnen Verhör berieten die beiden Offiziere über das Ergebnis. Dennoch hatte Pintér das Gefühl, Beke verheimliche ihm gewisse Details.

«Noch eine halbe Stunde, und Sie werden ebenfalls klarsehen», sagte Beke. «Ich bitte Sie, sich bis dahin zu gedulden. Wir müssen noch zwei interessante Experimente durchführen.»

Pintér nickte beflissen.

«Mit dem ersten werden wir gleich beginnen. Sie gehen in den Flur, schalten das Licht aus und warten, bis ich Sie rufe.»

Pintér empfand die Anweisung als recht seltsam, befolgte sie jedoch, ohne ein Wort zu sagen.

Er wusste, dass sich in den an den Flur angrenzenden Räumen niemand aufhielt. Bis auf die beiden Toten, Bea und Decsi, die im Behandlungszimmer lagen; sie auf dem

Untersuchungstisch, er auf dem Sofa. Pintér war nicht von ängstlicher Natur, dennoch fühlte er sich jetzt unwohl im Dunkeln und legte die Hand auf seinen Revolver.

Endlich hörte er Bekes Stimme. «Sie können hereinkommen.»

Pintér ertastete die Türklinke und öffnete die Tür.

Im Salon war es stockfinster.

«Kommen Sie näher», hörte er Beke sagen.

Pintér machte einige Schritte und blieb wieder stehen.

«Sehen Sie das Zifferblatt der Uhr?»

«Ja ...»

«Drehen Sie sich so, dass Sie es gut erkennen können. Haben Sie das gemacht?»

«Habe ich.»

«Lesen Sie die Uhrzeit ab.»

«Es ist Mitternacht.»

«Danke.»

Beke schaltete das Licht an. Auf der Kaminuhr war es Punkt elf.

Als er das sah, begriff auch Pintér sofort. «Ich glaube, ich verstehe. Wenn einer der Zeiger verdeckt wird, denkt man unwillkürlich an eine Uhrzeit, bei der der eine den anderen Zeiger verdeckt. Vielleicht war das auch im Augenblick des Mordes der Fall? Und deshalb hat Schwabik 19 Uhr 40 statt 20 Uhr gesehen?»

Beke nickte anerkennend. «Wenn es wirklich so war, befinden wir uns dem Ziel nahe. Aber kommen wir jetzt zu Frau Schwabik. Führen Sie sie bitte herein.»

Pintér begleitete Frau Schwabik in den Salon, ging dann, als Beke ihm dies bedeutete, auf den Flur und zündete sich eine Zigarette an.

Er war der Meinung, sein Vorgesetzter treibe ein gefährliches Spiel. Er hätte die kommende Viertelstunde gerne schnell hinter sich gebracht.

Beke sah die Frau freundlich an. «Ich hoffe, Sie helfen mir. Ich muss herausbekommen, wem Sie in der letzten Runde im Dunkeln begegnet sind. Als die Kaminuhr acht schlug.»

«Das habe ich Ihnen schon gesagt. Stefi Filipp.»

«Wir Ermittler rekonstruieren die Ereignisse gerne. Wir müssen die Situation wiederholen.»

«Wie bitte?! Glauben Sie etwa, ich lasse mich umbringen? Wollen Sie, dass ich mich zusammen mit dem Mörder im Dunkeln aufhalte? Wenn Sie alle sechs Personen herholen und das Licht ausschalten, wird auch der Mörder unter ihnen sein. Denn Vértes ...»

«Es wird nicht dunkel sein, und man wird Sie nicht überfallen. Wir werden das Experiment im Hellen durchführen. Nur Sie werden nichts sehen.»

«Wie wollen Sie das machen?»

«Wir brauchen dafür nur ein Tuch. Und das haben wir ja hier ...»

Frau Schwabik erschauderte. «Nein, das mache ich nicht. Ich lasse mir nicht die Augen verbinden.»

«Sie haben selbst gesagt, dass Sie mir ausgeliefert sind. Wenn Sie sich widersetzen, können Sie nicht mit meinem Schutz rechnen.»

Frau Schwabik ließ sich mit übertriebener Verzweiflung in einen Sessel fallen. «Gut, machen Sie, was Sie wollen.»

«Sie haben keinen Grund, sich zu fürchten. Ich werde nur Stefi, Magda und die Lehrerin hereinbitten. Wir lassen das Licht an, und ich behalte alle im Auge. Außerdem trage ich eine Waffe.»

Beke verband ihr sorgfältig die Augen, wobei er genau darauf achtete, dass sie auch wirklich nichts sehen konnte. Dann ging er zur Tür des Nachbarzimmers und sagte laut: «Sie können hereinkommen.»

Obgleich das Tuch auch ihre Ohren bedeckte, hörte Frau Schwabik, wie die Tür verschlossen wurde.

«Weshalb schließen Sie ab?», fragte sie erschrocken.

«Damit wir in Sicherheit sind.»

Bekes erhobene Stimme war auch in der anderen Hälfte des Zimmers deutlich zu vernehmen.

«Stehen Sie auf, strecken Sie die Arme aus und laufen Sie los.»

Frau Schwabik tastete sich mit der Unsicherheit einer Blinden vor. Sie lief im ganzen Zimmer umher. Immer wieder knarrte das Parkett, und sie griff mit der ausgestreckten Hand in die Luft. Ihr Gesicht schwitzte unter dem Tuch, die Beine waren vor Aufregung wie gelähmt. Schließlich rief sie: «Hier war sie. Ich habe es gespürt.»

«Sind Sie sicher?»

In diesem Augenblick fühlte sie mit den Fingerspitzen wieder das Seidig-Flauschige, das sie während der tödlichen Runde berührt hatte. «Sie ist es!»

«Gut, Sie können das Tuch abnehmen.»

Frau Schwabik riss sich das Tuch vom Gesicht und wurde kreidebleich.

Im Salon waren nur zwei Personen. Sie und Beke.

Sie stieß einen Schrei aus und rannte zur verschlossenen Tür, um sie aufzureißen.

«Mörder! Sie sind der Mörder», rief sie.

Beke öffnete schnell die Tür zum Flur und ließ den Oberleutnant herein. «Bitte begleiten Sie Frau Schwabik zurück ins Speisezimmer.»

Als er allein war, stellte sich Beke vor den Spiegel. Er griff in die Tasche und setzte Bea Nickys braune Mütze wieder auf. Die modische, perückenartige Kunstpelzmütze.

Pintér, der gerade zurückkam, sah ihn verdutzt an.

«Woher haben Sie denn die?»

«Sie hing draußen, am Kleiderhaken.»

## 33.

Nach Frau Schwabiks Schrei drohte im Speisezimmer Panik auszubrechen. Aber dann erschien Beke und beruhigte alle.

«Gemäß der Anweisung, die ich per Funk von der Zentrale erhalten habe, müssen wir auf die Ermittlungsgruppe aus Pécs warten. Aber ich kann euch mitteilen, dass der Fall im Grunde schon gelöst ist. Wir haben Beweise, dass Decsi Agent eines ausländischen Nachrichtendienstes gewesen ist.»

Er machte eine Pause, in der das Gesagte seine Wirkung entfalten konnte, und fuhr fort: «Der Grund des Verbrechens ist natürlich ein Staatsgeheimnis. Für euch ist nur wichtig, dass ihr nicht länger in Untersuchungshaft bleibt. Morgen früh seid ihr frei.»

Er wandte sich an den Gastgeber: «Wann fährt der erste Bus nach Pécs?»

«Zehn nach fünf.»

«Mit dem Bus um zehn nach fünf dürft ihr alle abreisen.»

Beke sprach sichtlich erleichtert, eher freundschaftlich als offiziell. Als hätte er überhaupt nicht im Sinn, den Täter noch länger unter ihnen zu suchen.

«Genossen», sagte er an die Arbeiterwachen gewandt, «Sie können nach Hause gehen. Ich danke Ihnen für Ihre Hilfe, ab jetzt werden wir auch allein zurechtkommen. Sie können schlafen gehen, schließlich müssen Sie morgen arbeiten.»

Die Gäste atmeten erleichtert auf. Bekes Verhalten bewies, dass Decsis Selbstmord den Fall wirklich geklärt hatte.

«Ich für meinen Teil», sagte der alte Bergarbeiter, «bleibe gerne noch hier.»

Beke schüttelte den Kopf. «Gehen Sie ruhig nach Hause.»

Da sie sich nicht rührten, sagte er mit erhobener Stimme: «Genossen, die Ermittlung leite ich. Sie dürfen sich nicht einmal aus Neugier hier aufhalten. Der Fall ist einzig und allein Angelegenheit der Polizei.»

Pintér gab ihnen zu verstehen, sich zu beeilen, woraufhin sie widerstrebend aufstanden. Beke drückte ihnen die Hand und bedankte sich noch einmal für die Hilfe. Aber nur die Lehrerin war freundlich zu ihm, die beiden Männer schienen gekränkt. Sie wollten wissen, wie die Sache ausging, und man schickte sie einfach nach Hause.

Umso mehr freuten sich die Gäste, sie gehen zu sehen. Sie waren die Bewachung und den bedrückenden Anblick der Maschinenpistolen leid.

«Das Ganze ist grauenvoll», sagte Ali. «Aber ich weiß nur eins: Ich habe unsäglichen Hunger.»

«Denkst du etwa, wir nicht?» Vértes zündete seine letzte Mátra-Zigarette an.

Magda wandte sich an Beke: «Soll ich etwas bringen? Vielleicht ein paar Sandwiches.»

«Ich würde lieber etwas Warmes essen», sagte Ali und warf Beke einen fragenden Blick zu. «Wenn du einverstanden bist ...»

«Das Fleisch», sagte die Gastgeberin, «braucht mindestens eine Stunde.»

«Dann mach Rührei. Eier habt ihr doch bestimmt da. Und ein paar Scheiben Schinken.»

«Ich kann Wurst oder Pilze hineinschneiden.»

«Gut. Aber dann beides.» Ali fischte den längsten Zigarettenstummel aus dem Aschenbecher und zündete ihn zufrieden an.

Frau Schwabik, die das Wort «Pilze» beinah überhört hätte, sagte aufgeregt: «Sind Sie verrückt? Wollen Sie etwa vergiftet werden?»

«Was die psychische Verfassung betrifft, sollten Sie lieber schweigen.» Vértes hatte noch nicht vergessen, dass sich Frau Schwabik demonstrativ von ihm weggesetzt hatte.

Magda wusste nicht, was sie nun tun sollte, und sah Beke, der hinter Frau Schwabik stand, fragend an.

Dieser tippte sich an die Stirn und winkte kaum merklich ab. Magda verstand.

«Wenn du Angst hast», sagte sie sanft, «musst du mit Brot vorliebnehmen. Aber ich verspreche dir, als Erste von dem Rührei zu essen. Wenn es dich beruhigt.»

«Auf jeden Fall», sagte Frau Schwabik pikiert. «Nach dem, was passiert ist, erwarten wir das auch von dir.»

Magda wollte in die Küche gehen, aber Beke hielt sie zurück. «Einen Augenblick noch.»

Ihm war, als hätte er es an der Tür läuten gehört. Und wirklich, eine Minute später kam Pintér herein. Er wirkte verstört und ratlos. «Der Doktor wird gebraucht.»

«Von wem?»

«Es ist eine Bäuerin. Ihr Mann hat Diabetes. Angeblich geht es ihm schlecht. Sie wohnen hier in der Nähe.»

Haller nickte. «Ich weiß. Herr Kacskovics. Ich muss ihm sofort eine Spritze geben.»

Es wurde still, alle Blicke richteten sich gespannt auf Beke. Er wusste, dass er bereits einmal gegen die kriminalistischen Grundregeln verstoßen hatte, als er zuließ, dass der Leichnam für den hoffnungslosen Wiederbelebungsversuch bewegt wurde. Noch einen Fehler wollte er sich nicht erlauben. «Keiner verlässt das Haus.»

Haller fuhr ihn wütend an: «Wenn du mir nicht vertraust, schick doch Stefi oder Sica zu ihm. Hauptsache, es ist jemand, der eine Spritze setzen kann.»

Ali fiel ihm ins Wort: «Davon verstehe sogar ich etwas.»

Vértes blickte von seinen Gedichtübersetzungen auf. «Auf mich kannst du auf jeden Fall zählen, wenn du Hilfe brauchst. Meiner armen Mutter habe ich auch immer das Insulin gespritzt.»

Dann war Schwabik an der Reihe: «Wenn du erlaubst, werde ich in Begleitung des Genossen Oberleutnant hingehen. Während meiner Zeit auf dem Land musste ich oft Spritzen verabreichen. In der Gemeinde gab es keinen Arzt.»

«Ihr könnt euch die Worte sparen», sagte Beke trocken.

«Soll er etwa sterben?», rief Frau Schwabik.

Auch Ali überkam die Wut. «Das ist doch unmenschlich!»

«Du kannst dich ja dann in Pécs beschweren.»

Beke spürte, dass er verdächtig unbekümmert klang. Er versuchte, seinen Ton ein wenig zu korrigieren: «Mir tut es auch leid ...»

Aber der Satz kam bereits zu spät. Beke beugte sich zu Pintér und flüsterte ihm etwas zu.

Darauf verließ dieser den Raum.

Beke holte sein Zigarettenetui hervor und sagte: «Bitte, bedient euch.»

Keiner rührte sich. Alle reagierten kalt und abweisend. Beke zuckte mit den Schultern und setzte sich ans Kopfende des Tisches. «Wollt ihr nicht wenigstens etwas essen? Was soll das? Du kannst ruhig in die Küche gehen», sagte er an Magda gewandt.

Pintér saß bereits in der Küche, neben dem Herd.

«Kann ich Ihnen helfen?», fragte er.

«Schlagen Sie die Eier auf.»

Magda schaltete den Elektroherd an und holte die Zutaten. Bald brutzelte das Fett, und Magda briet Zwiebeln an. Pintér schlug fleißig Eier auf, und als er damit fertig war, blickte er zu ihr.

«Ist irgendetwas?», fragte er.

«Ich kann die Pilze nicht finden. Dabei waren sie hier im Regal. Vielleicht weiß mein Mann, wo sie sind ...»

«Ich frage ihn gleich.»

«Haben Sie keine Angst, mich allein zu lassen?»

Pintér schaute nur kurz im Speisezimmer vorbei und

war schon zurück. «Der Doktor sagt, sie stehen hinter dem Birnenkompott.»

Die Tüte lag wirklich dort. Bald war das Rührei fertig. Magda kostete und gab es dann in eine Schüssel. Pintér schnitt inzwischen Brot auf.

Sie gingen ins Speisezimmer. Dort stellte Magda die Schüssel auf den Tisch und bedeutete Pintér, ebenfalls Platz zu nehmen. Dieser sah Beke fragend an.

«Gehen Sie zuerst zum Behandlungszimmer und schließen die Toten ein. Behalten Sie den Schlüssel bei sich.»

Pintér ging, ohne ein Wort zu sagen, hinaus.

«Na, dann», sagte Magda, «werde ich mal anfangen ...»

Sie nahm den Löffel und bediente sich als Erste.

Beke sah ihr aufmerksam zu und sagte dann scharf: «Warten Sie! Eine Frage noch ... Wo haben Sie die Pilze gekauft?»

«In Pécs. Mein Mann hat mich gebeten, welche vom Markt mitzubringen.»

«Danke. Dann isst niemand davon. Der Mörder hat kein Zyankali geschluckt. Er lebt und wollte uns alle umbringen.»

## 34.

Beke kannte diese Stille, die sich jetzt über das Zimmer legte. Es war eine bedrückende Stille, die einem die Luft abschnürte. Wie vor dem Verkünden eines Todesurteils.

Er sprach ernst und ruhig: «Bea Nicky wollte noch in Pécs, im Café, mit mir sprechen. Sie wusste, dass sie in Gefahr war. Dann überlegte sie es sich aber anders. Vielleicht, weil sie noch einmal unter vier Augen mit dir reden wollte.»

Beke sah Schwabik an.

«Und zwar nicht über Kosmetika. Das dachte ich mir schon, als ich sie bei dir in der Apotheke antraf und ihr ziemlich ungeschickt das Thema gewechselt habt. Man sah euch beiden an, dass Bea keine gewöhnliche Kundin war. Natürlich wusste ich nicht, welcher Natur eure Beziehung war. War es eine finanzielle? Oder eine sexuelle? Es hätte alles sein können. Langsam kam ich aber dahinter, worum es ging. Nämlich um ein beträchtliches Vermögen, das im ehemaligen Haus des Ehepaars Hampel eingemauert war. Dort, wo du jetzt wohnst. Ihr habt euch zusammengetan, um an dieses Vermögen heranzukommen. Dir habe ich das alles schon erzählt, aber jetzt erachte ich es als wichtig, es vor den anderen zu wiederholen.»

«Wir haben nichts angerührt! Mit keinem Finger. Zerschlagt doch die Wand! Oder am besten das ganze Haus», rief Schwabik völlig außer sich.

Frau Schwabik fügte gleich hinzu: «Aber bitte auf Staatskosten!»

Beke fuhr fort: «Wie bereits erwähnt, wollte Bea mit mir reden. Im Café hatte sie jedoch nur einen kurzen Moment dafür. Sie konnte lediglich andeuten, dass sie Angst hatte. Das war, als Ali an den Tresen ging. Ob es wohl Zufall war, dass sie sich mir gerade in diesem Augenblick, als wir kurz zu zweit waren, anvertraute? Vielleicht. Aber wer hatte sie hier nach Csalogány eingeladen? Wer ermöglichte es, dass sie umgebracht wurde? Wer hatte die Idee zu dem Spiel? Ali Baksay! In der dritten Runde zog er den ‹Mörder›-Zettel. Er konnte alles bestimmen. So lange Zeit schinden, wie er nur wollte. Er dachte sich sogar einen Trick aus, damit ich länger im Flur blieb. Deshalb versteckte er nämlich das Kätzchen in meiner Manteltasche …»

Ali wurde leichenblass. «Das ist alles nur Schein! Fataler Zufall … Ich könnte nicht einmal ein Kätzchen erwürgen … Dazu wäre ich nicht imstande … Stimmt's?», wandte er sich an die anderen.

Aber im Raum herrschte eisige Teilnahmslosigkeit. Nur Vértes raunte: «Er könnte nicht einmal ein Kätzchen … Das ist nicht schlecht … So sieht es also aus? Der ewige Schnorrer! Und ich Idiot habe es nicht gewusst. Dabei ist er schon zweimal mit einem Zwanziger von mir abgehauen!»

Beke fuhr fort: «Der Täter brauchte natürlich auch ein Alibi. Jemanden, der sowieso verdächtig war, dem man das Verbrechen in die Schuhe schieben konnte. Decsi kam da sehr gelegen. Er war vor kurzem aus Schweden heimgekehrt und arbeitete in einer Vertrauensposition. Vielleicht war er ja von einem westlichen Nachrichtendienst als Spion angeheuert worden? Aber selbst wenn er unschuldig war, benahm er sich verdächtig. Er irrte sich häufig, erinnerte sich an vieles aus der Vergangenheit nicht. Als wäre er gar nicht er selbst … Und dann war da noch die Hand. Der krumme Daumen, den man nachahmen konnte. Der Täter wusste, dass sich die Haut des Opfers an der Stelle seiner Fingerabdrücke verfärben würde, wodurch Decsi leicht zu belasten war.»

Beke wandte sich plötzlich an Haller. «Ali war verdächtig, du hingegen unbescholten. Weshalb hättest du Bea auch töten sollen? Du kanntest sie ja nicht einmal, wusstest auch nicht, dass sie heute Abend kommen würde. Hier besteht kein Grund, es gibt kein Motiv. Bis auf eines. Als sie eure Wohnung betrat, sah deine Frau sie erschrocken an. Sie kannte sie also. Vielleicht nur flüchtig. Aber vielleicht verbarg sich hinter der Bekanntschaft auch etwas, das lebensbedrohlich für sie sein konnte. Und an dieser Stelle müssen wir einen Blick in die Vergangenheit werfen. Ich habe dich nicht für einen Nazifreund gehalten. Nur wegen der paar antisemitischen Bemerkungen, die du ab und zu hast fallen lassen? Aber eines hätte ich nie von dir gedacht.»

«Was?», fragte Haller mit beinah philosophischer Gelassenheit.

«Dass gerade du ein jüdisches Mädchen heiratest.»

«Manchmal irrt man sich eben …»

«Darin war ich mir nicht so sicher. Es hat ein Namenstausch stattgefunden. Die Frage ist nur, wann. Während des Krieges oder später? In den Jahren der Rassenverfolgung oder im Zuge der Kontrollen der Nachkriegszeit? Hat ein Mädchen, das der Verfolgung entgehen wollte, einen anderen Namen angenommen oder die Tochter von Kriegsverbrechern? Sitzt heute Magda Hevesi vor uns oder Emmi Schweller? Sollte Letzteres der Fall sein, ist es womöglich verständlich, dass sie sich erschrocken hat. Plötzlich taucht hier eine junge Frau auf, die sie erkennt. Sie muss aus dem Weg geschafft werden, noch bevor sie die Identität deiner Frau preisgibt. Und du erklärst dich bereit.»

Haller lächelte bedrückt. «Das ist ein wildromantisches Märchen. Ebenso wie diese ganze verregnete, traurige Nacht.»

«Schon möglich. Wir werden es untersuchen. Auf jeden Fall habe ich weitergeforscht. Ich habe Vértes unter die Lupe genommen ...»

Frau Schwabik rief aus: «Habe ich's nicht gesagt! Nicht umsonst habe ich mich von ihm wegsetzen wollen.»

«Ja. Neben Ali Baksay. In der Hinsicht haben Sie eine gute Wahl getroffen. Aber der Mann, der auf der anderen Seite saß ...»

«Was ist mit ihm?»

«Er ist der Mörder. Sein Name ist Károly Haller.»

Haller sprang auf. «Warum quälst du diese arme Frau? Siehst du nicht, wie blass sie ist? Sie hat schon die ganze Nacht in Angst verbracht. Was du hier machst, ist nichts als ein Katz-und-Maus-Spiel. Hör auf, bevor es zu spät ist.»

Haller war heiser, seine Gestik unkontrolliert. Er sprach immer weiter, auch als sein Blick sich auf die Messingklinke der zum Badezimmer führenden Tapetentür verirrte.

Die Klinke ging ganz langsam nach unten.

«Auch für den Kranken bist du verantwortlich. Wenn er ins Koma fällt, wenn er stirbt ...»

Währenddessen öffnete sich die Tür hinter Beke. Langsam und lautlos.

«Mein Gott! Er lebt?», rief Frau Schwabik.

In der Tür stand Decsi. Mit offener Krawatte und leicht zerzausten Haaren, aber lebendig. In der Hand hielt er einen Revolver, den er auf Beke richtete.

«Der große Meister der Spionageabwehr», zischte er verächtlich. «Komm schon, an die Wand mit dir und Hände hoch! Mit dem Gesicht zur Wand, du Elender, hörst du?»

Beke gehorchte.

Decsi, die Browning des Oberleutnants in der Hand, betrachtete die Gesellschaft mit überlegenem Spott.

«Alle in die Ecke.»

Vértes stand sofort an der Wand. Ali sprang mit einer Schnelligkeit auf, die man ihm angesichts seiner Körperfülle gar nicht zugetraut hätte. Frau Schwabiks Mund bewegte sich lautlos, als würde sie beten. Schwabik taumelte mit der Resignation eines in der Angst geübten Menschen zur Wand.

«Sie auch!», befahl der «Tote».

Magda versuchte aufzustehen, brach aber zusammen.

«Mir ist übel», sagte sie leise.

Haller warf ihr einen kalten Blick zu. «Du hast wohl die Pilze gekostet …»

Decsi holte die Handschellen, die er bei Pintér gefunden hatte, hervor und warf sie Haller hin.

«Leg sie ihm an», sagte er und deutete mit dem Revolver auf Beke.

«Wo ist der andere Bulle?»

«Ich habe ihn draußen kaltgemacht …»

Hallers Gesicht leuchtete auf. «Du hast mich gerettet. Die Zyankali-Nummer war wirklich gut!»

Er ging schnell zu Beke, dachte aber gar nicht daran, ihm die Handschellen anzulegen. Völlig unerwartet griff er in Bekes Tasche, nahm dessen Pistole heraus und hielt sie ihm an den Hinterkopf.

Beke starrte mit aufgerissenen Augen zur Wand.

«Warte», sagte Decsi.

«Wieso? Soll doch der Teufel warten.»

Und er drückte ab.

Es war ein leises Klacken zu hören. Haller ließ sich nicht beirren. Er versuchte es erneut. Aber die Zbrojovka ließ ihn im Stich. Ein leises Klacken – nichts weiter.

Haller rief Decsi nervös zu: «Was wartest du noch? Komm schon, erschieß ihn endlich!»

Dieser erhob langsam die Pistole und zielte. Doch plötzlich überlegte er es sich anders.

«Nein», sagte er zögerlich. «Er kann uns noch nützlich sein.»

Haller war mit einem Satz bei Decsi und riss ihm wütend den Revolver aus der Hand.

Beke drehte sich um und blickte in den Lauf. «Bitte», sagte er ruhig. «Ich gebe eine ausgezeichnete Zielscheibe ab.»

Haller drückte mit ungeheurer Entschlossenheit ab. Einmal, zweimal, dreimal. Aber die Browning gab keinen Schuss ab.

Es herrschte Stille, vielsagende Stille.

Schließlich sagte Decsi: «Du brauchst dir keine Mühe zu geben. Falls du es noch nicht gemerkt hast: Das Patronenlager ist *leer*. Du musst also nicht abdrücken, das führt nur zu unnötigem Verschleiß. Wir haben draußen die Magazine beider Pistolen entleert. Das hast du natürlich nicht wissen können. Wir aber wissen, weil wir es zu acht gesehen haben, dass du töten wolltest. Das wirst du schwer bestreiten können.»

Beke pfiff in seine Trillerpfeife.

Die Tür zum Nachbarzimmer ging mit einem Schlag auf, und auf der Schwelle standen die drei Arbeiterwachen mit erhobenen Maschinenpistolen. Nicht mehr enttäuscht, sondern in strammer Haltung und mit ernster Miene.

Pintér betrat das Speisezimmer vom Bad aus. Er durchquerte den Raum, hob die Handschellen auf und legte sie Haller an. Dann nahm er seinen Gürtel ab und ging zu der anderen im Mordfall verwickelten Person.

«Für Sie habe ich im Augenblick nur das.»

Mitten in dieser tiefen Stille ertönte der Schlag der Kaminuhr.

# 35.

An diesem Vormittag war in Pécs wieder strahlender Sonnenschein. Die Lichtstrahlen fielen durch die Fenster des Nádor und beleuchteten die zerknitterten Gesichter der kleinen Gesellschaft, die an einem der weiß gedeckten Tische saß. Die meisten bestellten einen dreifachen Espresso, nur Ali genehmigte sich zum Gabelfrühstück ein Bier. Aber er war ja auch ein berüchtigter Nachtschwärmer.

«Seht ihr», sagte er und machte eine weitausholende Geste, «das ist das Leben. Schaut euch diesen Fuchs Beke an. Man könnte ihn wirklich respektieren. Er hat binnen vier Stunden ein rätselhaftes Verbrechen aufgedeckt. Gleichzeitig hat er aber einen schwerkranken Mann seinem Schicksal überlassen.»

«Da täuschst du dich», unterbrach ihn Decsi. «Natürlich fiel es ihm nicht schwer, den Gnadenlosen zu mimen, nachdem er mich in Begleitung einer Arbeiterwache und deren Maschinenpistole mit kompletter medizinischer Ausrüstung zu dem alten Mann geschickt hatte.»

«Ach so», sagte Ali. «Dabei machte es wirklich den Eindruck eines schlimmen Gewissenskonflikts.»

Er verspeiste die Würstchen mit Meerrettich, zählte sorgfältig sein Geld und bestellte mit der Entschlossenheit eines Hasardeurs einen Teller Sülze. Dann wandte er sich an Decsi: «Ich schwöre dir, dein Tod, der war wirklich einwandfrei. Du bist richtig blau angelaufen. Aber es wundert mich, dass Beke dir vertraut hat. Wäre ich ein Detektiv, hätte ich dich sofort festgenommen.»

«Du!» Vértes steckte all seine Verachtung in das Wort. Dabei war er der gleichen Meinung. Nur befürchtete er, die Sülze bezahlen zu müssen, und wollte Ali deshalb vor den anderen bloßstellen. «Du als Detektiv.»

«Wieso? Fandest du nicht, dass Decsi sich am verdächtigsten benahm? Ich dachte die ganze Zeit, mit ihm stimmt doch irgendetwas nicht ...»

«So war es auch.»

Decsi haderte mit sich, ob er ihnen von dem Abenteuer erzählen sollte, das seine Nerven derart in Anspruch genommen hatte. Bis jetzt hatte er schweigen müssen. Aber nach der letzten Nacht?

«Es geschah während meiner Heimreise. Im Schlafwagen, die nicht einmal in Schweden Spiegelgänge haben, begegnete ich *mir selbst*. Körperbau, Gesicht, Kleidung: Alles war identisch.»

«Danke», sagte Vértes, «von mir aus kannst du gleich wieder aufhören. Meine Nerven ... Na, und was ist passiert? Spann uns nicht länger auf die Folter.»

«Ich glaube, es handelte sich um eine verspätete Aktion. Der Agent, der mich umbringen wollte, hatte wohl die sorgfältig geplante Gelegenheit versäumt. Es war ihm irgendetwas dazwischengekommen. Also musste er es auf gut Glück versuchen. Hätte jemand unseren Kampf an der offenen Zugtür beobachtet, hätte er wohl kaum gewusst, wem er helfen sollte. Dem Angreifer oder mir. Wir sahen ja völlig gleich aus. Aber niemand sah uns. Wir kämpften stumm, in der Angst, entdeckt zu werden. Ich fürchtete mich auch vor seinen Komplizen. Schließlich fiel er aus der Tür. Ich blutete und brauchte Hilfe, deshalb ging ich von Abteil zu Abteil. Aber der Waggon war fast vollkommen leer. Der Schaffner schlief fest, wer weiß, wovon. Ich rüttelte ihn wach. Er erzählte mir, dass alle Schlafplätze in diesem Waggon für eine Touristengruppe reserviert gewesen seien, die jedoch nicht gekommen sei.»

«Die gab es sicherlich gar nicht», sagte Ali blass.

«Als ich in Budapest ankam, meldete ich mich sofort im Innenministerium, befürchtete aber, man würde mir nicht glauben. Nach dem Tod meiner Mutter wurde meine Angst noch größer. Sie war meine einzige Angehörige und somit die Person, die mein Alter Ego am leichtesten hätte enttarnen können. Daher hätte die Polizei auch einen Zusammenhang vermuten können. Da sie ja so plötzlich starb … Das Ganze nahm mich ziemlich mit, und ich entwickelte die Wahnvorstellung, mich an das kleinste Detail aus der Vergangenheit erinnern zu müssen, weil man mich andernfalls verdächtigen könnte, nicht ich selbst zu sein. Währenddessen ließ mich mein Gedächtnis, vielleicht wegen der Aufregung und der krampfhaften Bemühungen, häufig im Stich. Es war eine grauenvolle Lage, und ich hatte keine Ahnung, wie ich da rauskommen sollte …»

«Mich würde mal Hallers Innenleben interessieren», unterbrach ihn Schwabik. «Was mag in ihm vorgehen?»

Decsi überlegte.

«Vielleicht hat es etwas mit dem emotionalen Zwiespalt zu tun, in dem er sich offenbar seit einer ganzen Weile befindet. Ihr habt ja auch gehört, dass Magda … also Emmi … na ja, dass sich eine riesige Kluft zwischen Hallers Idealen und der Wahl seiner Ehefrau auftut. Und das ist ihm wohl erst nach der Hochzeit so richtig bewusst geworden. Ein Mensch, der in einen derartigen Konflikt zwischen seinen Prinzipien und der Realität gerät, versucht, das irgendwie zu kompensieren, sich zu ‹korrigieren›. Da er sich in der Ehe so ‹geirrt› hatte, neigte er dazu, sich auf einem anderen Gebiet zu beweisen, dass er seinen Idealen treu geblieben war und den Mut hatte, für sie einiges aufs Spiel zu setzen. Wisst ihr noch, bevor man ihn abführte, sagte er: ‹Meine Ehre heißt Treue! Ich bin kein Mörder, sondern ein Widerstandskämpfer – wie ein Ustascha.› Es ist nicht ausgeschlossen, dass er für irgendeinen Geheimdienst gearbeitet hat.»

«Ich denke eher», sagte Vértes mit tiefer Überzeugung, «dass er in Geldnot war. Er lebte wahrscheinlich verschwenderisch, hatte Schulden angehäuft und ist in immer größere Schwierigkeiten geraten. Ja ja, wenn jemand nicht mit Geld umgehen kann. Wie zum Beispiel Ali …»

In dem Moment wurde das Thema von Andrzejs Ankunft beendet. Er kam gerade von Magda, die noch in der Nacht ins Krankenhaus eingeliefert worden war. Er erzählte, dass es ihr bereits besser gehe und ihre Schüler, die sie besucht hätten, über den Ausfall der Englischstunden gar nicht erfreut gewesen seien. Denn Magda war Englischlehrerin.

Sie wollten mit dem Mittagszug nach Budapest zurückfahren. Decsi sagte, sie sollten sich in den Speisewagen setzen, sie seien seine Gäste. Durch die Einladung entspannte sich auch Vértes.

Sie zahlten und brachen auf, um zum Abschied noch einmal durch die Stadt zu spazieren.

«Um das Thema abzuschließen», sagte Ali, «ich habe das Gefühl, wir wissen eigentlich gar nichts.»

Vértes, der wieder seine weißen Wildlederhandschuhe anzog und einer vorbeigehenden Frau hinterherspähte, fragte zerstreut: «Worüber?»

«Zum Beispiel über die andere Festnahme. In welchem Zusammenhang stand die mit dem Mord?»

Aber darauf gab keiner mehr eine Antwort. Alle genossen die Wärme der Sonne auf ihrer Haut, der nach der furchtbaren Nacht so befreiend strahlenden Sonne, und das friedliche Gesicht des Alltags, den Trubel, der dem Széchenyi-Platz auch an diesem Tag etwas Mediterranes verlieh.

## 36.

Beke nahm die Nachmittagsmaschine nach Budapest. Er flog wieder über den Mecsek, sah die Herbstwälder und den Kirchturm von Csalogány, des Dorfes, in das ihn ein geheimer Auftrag geführt hatte, oder genauer gesagt, die Wachsamkeit der Abteilung für Abwehr.

Es war eine seltsame Mission. Sie brachte ihn zurück in die Schulzeit, zu den alten Freunden. Als Privatmensch hatte er sich viel davon versprochen. Aber als Offizier der Abwehr?

Der Mecsek ist groß, und der geheime Sender, von dem man nur vereinzelt ein unentschlüsselbares Signal hatte einfangen können, bewegte sich in einem weiten Umkreis. Er konnte in einem von vielen Tausend Wagen versteckt sein, auch in einem, der aus Budapest kam. Ihn im Wartburg des Gemeindearztes von Csalogány zu suchen, wäre der Spionageabwehr im Traum nicht in den Sinn gekommen. Das war aber auch nicht der Grund, weshalb Beke nach Csalogány geschickt worden war.

Was Decsi betraf, bestand kein Zweifel darüber, dass er es war, der nach Ungarn zurückgekehrt war. Beke, als sein alter Klassenkamerad, hätte diese Frage sicherlich auch in Budapest klären können. Der Befehlshaber entschied sich dennoch dafür, das Treffen stattfinden zu lassen.

«Der Agent, den Decsi angeblich aus dem Zug gestoßen hat, hätte sein Leben gelebt», sagte der Oberst zu Beke. «Dieses Leben interessiert uns also auf jeden Fall – egal, ob Decsi oder ein Agent es führt. Vielleicht birgt es eine Tür, von der Decsi selbst nicht weiß, wohin sie führt. Versuchen Sie, diese Tür zu finden.»

Beke zündete sich eine Zigarette an, betrachtete die unter den Tragflächen dahinziehenden Wolken und überdachte die Ereignisse der vergangenen Nacht.

Im Zimmer war es dunkel, und der Mörder musste sein Opfer finden. Einen der acht Spieler.

Bea trug jedoch nichts, woran er sie im Dunkeln hätte erkennen können. Sie hatte nichts Glänzendes an ihrer Kleidung und benutzte auch kein außergewöhnliches Parfüm. Sie pfiff auch keine geheimnisvolle Melodie. Aber der Mörder hatte nicht herumraten können. Er musste wissen, wo sich sein Opfer befand.

Beke hatte versucht, das Rätsel, wie sich der Mörder orientieren konnte, mit Hilfe der Geständnisse zu lüften. Doch die Aussagen waren ziemlich seltsam.

Was hatte er erfahren?

Im Salon schlug die Uhr acht. Sie ging richtig, aber Schwabik dachte, sie zeige 19 Uhr 40 an. Neben der Wand, zwischen der Kommode und der Tür zum Tabakzimmer, hatte bereits der Mord stattgefunden oder fand genau in dem Moment statt. Dort, wo Decsi – seiner Aussage zufolge – zur gleichen Zeit Stefi Filipp küsste. Stefi, von der Frau Schwabik behauptete, mit ihr in derselben Minute, aber an anderer Stelle, zusammengestoßen zu sein. Währenddessen war Vértes im Bann einer «magischen Kraft», die ihn davon abhielt, den Weg aus dem Zimmer zu finden …

Das so entstandene Bild war absurd. Eine Aussage klang falscher als die andere. Aber warum erzählten sie gerade diese Lügen? Schließlich entlastete sie das, was sie sagten, in den meisten Fällen kein bisschen. Beke nahm also zu Recht an, dass sie sich vielleicht getäuscht hatten.

Ja. Aber worin?

Schwabik in dem, was er sah («Auf der Uhr war es 19 Uhr 40.»). Seine Frau in einer Person («Ich stieß mit Stefi zusammen.»). Vértes im Raum («Ich fand die Tür nicht …»). Decsi vielleicht im Raum («Ich stand neben der Kommode …») und in der Person («… mit Stefi»).

Wie hatte es zu diesen Sinnestäuschungen kommen können?

Der einzig sichtbare Punkt, an dem sich die Spieler im Dunkeln orientieren konnten, war die Kaminuhr. Die Frage war jedoch, ob sie während der ganzen Zeit an derselben Stelle gestanden hatte.

Sie war wohl kaum durch den Raum getragen worden. Nicht nur wegen des Gewichts oder weil es schwer gewesen wäre, sie unbemerkt fort- und dann wieder zurückzubringen. Auch deshalb nicht, weil sie, egal, wohin man sie gestellt hätte, auffallend tiefer oder höher gestanden hätte als an ihrem ursprünglichen Platz.

Beke war das bereits aufgefallen, als er die Einrichtung des Zimmers betrachtet und die Höhe der einzelnen Möbelstücke mit der Kommode, dem einzigen im Dunkeln erkennbaren Punkt, verglichen hatte. Er erinnerte sich, wie er in der bedrückenden Viertelstunde unmittelbar nach dem Verbrechen die Möbel besehen und seinen ersten Espresso getrunken hatte.

Die Kaminuhr war also auf der Kommode geblieben. Dennoch konnte Decsi nicht feststellen, wo er selbst gestanden hatte, und Vértes hatte die Tür nicht finden können. Beide waren einer räumlichen Täuschung zum Opfer gefallen.

Weshalb? Wer hatte diese hervorgerufen? Und wen wollte er damit täuschen? Beke konnte sich nur eines vorstellen. Nämlich, dass die Uhr nicht weggestellt, sondern weggedreht worden war. Aber diese Tatsache verriet weder, wer der Täter hatte sein können, noch, wie der sein Opfer erkannte.

Die Uhr führte jedoch noch zu einer anderen Täuschung, einer zeitlichen. Sie ging richtig, dennoch dachte Schwabik, dass sie 19 Uhr 40 anzeigte. Warum?

Beke war die Frage praktisch angegangen. Er hatte seine Uhr auf diese Zeit eingestellt. Und seine Vermutung bewahrheitete sich: Der eine Zeiger verdeckte genau den anderen. Wie zehn vor zehn, fünf vor elf oder zwölf Uhr.

Aber Schwabik hätte beide Zeiger sehen müssen, da es nicht 19 Uhr 40, sondern 20 Uhr war und die Kaminuhr richtig ging. Weshalb hatte er diese charakteristisch falsche Zeit wahrgenommen? Weil normalerweise der eine Zeiger den anderen in dieser Minute verdeckt und als Schwabik hinsah, der eine wahrscheinlich nicht zu erkennen war. Das Zifferblatt leuchtete. Der Rahmen, die Zahlen, der kleine Zeiger. Nur der Minutenzeiger war verschwunden. Und auch dieser nur für einige Sekunden. Für die Zeit, in der er verdeckt wurde …

Die Frage, wie die Uhr umgedreht worden war, wurde für Beke durch den Fund des Dominosteins beantwortet. Des Dominosteins mit den Zahlen 0 und 6.

Im Salon, wo Bea ermordet wurde, hatte am Tag zuvor ein kleiner Junge gespielt und dabei einen Dominostein verloren. Das Kind ging nach Hause, aber der Stein blieb unter der Kommode liegen. Unbemerkt und unbedeutend. Bis zum nächsten Tag, als der Mord geschah. Denn da lag er plötzlich vor dem Kamin. Aber wie war er dorthin gekommen? Indem die Seite des Möbelstücks, unter dem er ursprünglich gelegen hatte, weggedreht wurde. Er kam zum Vorschein wie verlorene Knöpfe oder Kleingeld, wenn beim Putzen die Möbel verrückt werden. Aber in diesem Fall war es dunkel. Daher bemerkte die Person, die an der Stelle der weggedrehten Kommode stand, auch nicht, dass sie mit dem Schuh gegen den Dominostein stieß und dieser vor den Kamin rutschte.

Das war eine interessante Annahme, die es jedoch zu beweisen galt.

Die Gesellschaft erreichte Hallers Haus in strömendem Regen. Es war also kein Wunder, dass Bea die Kapuze ihres

Mantels hochschlug, bevor sie aus dem Wolga stieg. Sicherlich hatte sie sie auch in Pécs, als sie in den Wagen eingestiegen waren, aufgehabt und sie nur für die Fahrt abgenommen. Daher konnte Pintér ihre Haare nur während der Fahrt, im Rückspiegel, bei schlechten Lichtverhältnissen sehen. Er mochte sie noch so flüchtig betrachtet haben, die hellblonden Haare hätte er wohl trotzdem kaum mit braunen verwechseln können. Darin war sich Beke sicher. Und so bekam der Satz «Im Auto habe ich gedacht, sie hätte braune Haare» eine tiefere Bedeutung.

Decsi und Frau Schwabik sagten beide aus, um 20 Uhr, als die Uhr schlug, in physischer Nähe zu Stefi Filipp gewesen zu sein. Es konnte aber keine zwei Stefis, keine zwei Frauen mit kurzen Haaren gegeben haben. Die andere Person musste Bea oder Magda gewesen sein. Aber weshalb und wie hatten sie plötzlich kurze Haare bekommen? Worauf konnte dieser Trick abzielen? Was für eine Rolle spielte er in dem Mordfall?

Wenn sich diese Frage nicht gestellt hätte, hätte es Beke nicht weitergebracht, dass er die Perückenmütze am Garderobenhaken fand. Ihm war ein schickes, modisches Kleidungsstück in die Hände gefallen, das unzählige Frauen trugen und nichts von dem erklärte, was geschehen war. Erst recht nicht, da er die Mütze im Flur entdeckt hatte. So erklärte es jedoch nicht nur, wie Bea im Auto «brünett» hatte sein können, sondern auch, weshalb auf einmal zwei kurzhaarige Frauen in der Wohnung waren. Bea trug während des Spiels die Perückenmütze und das wahrscheinlich nicht ohne Grund. Sie hatte sie aufgesetzt, um jemanden zu täuschen. Vielleicht den Mörder? Nein, dieser brachte sie auch so um. Er erwürgte sie trotz der Mütze.

Trotz der Mütze?

Beke drehte den Gedanken um.

Vielleicht gerade wegen der Mütze?

In diesem Fall wurde der Mörder doch getäuscht.

Aber von wem?

In wessen Interesse lag es, den Mörder in die Irre zu führen? In wessen Interesse konnte es schon liegen, wenn nicht in dem des potenziellen Opfers? Natürlich.

Die Frage war nur, ob wirklich Bea das Opfer hatte sein sollen. War es nicht vielleicht jemand anderes? Die Person, die die Täuschung inszenierte und dann den Beweis dafür verschwinden ließ?

Denn nach dem Mord verschwand die Mütze vom Tatort.

Die Tote trug sie nicht mehr. Sie lag nicht einmal in ihrer Nähe. Irgendjemand hatte dafür gesorgt, dass sie zu einem unbedeutenden Gegenstand wurde, der mit dem Mord in keinem Zusammenhang stand. Schließlich hatte die Mütze während des Spiels im Flur am Garderobenhaken gehangen.

An diesem Punkt bekam das Motiv eine Bedeutung. Jemand wusste, dass Bea die Mütze getragen hatte, wollte aber nicht, dass auch die anderen davon erfuhren. Wovor hatte diese Person Angst? Offenbar davor, worauf man aus dieser Information hätte schließen können. Dass einer der Gründe für Beas Tod ihre «Frisur» gewesen war und sie diejenige war, die Bea veranlasst hatte, diese «Frisur» zu tragen, damit sie ihr, der Person, die eigentlich umgebracht werden sollte, ähnlich sah. Stefi bestätigte diese Annahme bereits bei ihrem ersten Verhör. Sie hatte nichts mehr zu verlieren.

Wenn der Mörder sein Opfer nur an den kurzen Haaren hätte erkennen wollen, wäre ihm, im Gegensatz zu Frau Schwabik, sicher nicht entgangen, dass die Haare nicht echt waren. Die Vermutung, dass Beas Schicksal allein durch die Mütze entschieden wurde, wäre also sehr waghalsig.

Dennoch gab es jemanden, der befürchtete, dieser Verdacht könne aufkommen. Also nahm er das Risiko auf sich, die Mütze vom Kopf der Toten zu entfernen, sie zu verstecken und herauszuschmuggeln.

Hier stellte sich Beke erneut die Frage: In wessen Interesse lag es, dass Bea mit Stefi Filipp verwechselt wurde? Wollte das auch derjenige, der die Mütze verschwinden ließ? Auf den ersten Blick würde man sagen, nein. Schließlich wollte er Missverständnisse vermeiden. Aber wann? Vor dem Mord oder danach? Offenbar im Nachhinein.

Im Nachhinein, aber dann um jeden Preis. Damit der Verdacht gar nicht aufkommen konnte, es sei zu einer fatalen Verwechslung gekommen, wodurch Bea anstelle einer anderen Person ermordet worden sei. Für wen war es wichtig, ja lebenswichtig, das zu verheimlichen? Für den, der die Täuschung inszeniert hatte.

Dieser teuflische Regisseur handelte logisch, als er die Mütze, die den Mörder irregeführt hatte, aus dem Salon schmuggelte. Denn nach dem Verbrechen musste die Requisite schließlich verschwinden. Und dazu hatte nur eine Person die Gelegenheit: jene, die den Salon verlassen durfte. Stefi, die hinausrannte, um die Spritze zu holen.

Nun wusste Beke mit Sicherheit, dass das Opfer kein Signal gegeben hatte, das den Mörder zu ihm hätte führen können. Dieses Signal kam von Stefi. Als sie mit dem Finger, an dem sie den Topasring trug, den Minutenzeiger verdeckte.

Haller und Stefi hätten sich umsonst vor der Kommode verabredet, wenn sie nicht ausgemacht hätten, wie er feststellen konnte, dass wirklich sie dort stand. Er hätte mit Sicherheit nicht das Gesicht eines zufällig dort stehenden Gastes abtasten wollen, um anhand der Gesichtszüge zu erkennen, wer es war. Denn am Hals sind sich die Menschen ziemlich ähnlich … Vor allem für einen von Eile und Angst getriebenen Mörder. Sie mussten ein Zeichen vereinbaren, das keiner aus Versehen abgeben konnte. «Deck den Minutenzeiger mit dem Finger ab.» Und dann hatte er sicherlich noch hinzugefügt: «Mit deinem Ringfinger.» Schließlich musste Haller gewusst haben, dass sie diesen Ring nicht abnehmen konnte.

Stefi stand während des Mordes wirklich an der mit Haller vereinbarten Stelle. Bei der Kommode, nur nicht davor, sondern dahinter. Das bedurfte natürlich einiger Geschicklichkeit. Das Radio war an, und die schnelle Bewegung, mit der sie das leichte Möbelstück so drehte, dass es mit der kürzeren Seite zur Wand stand, war nicht zu hören. Die List bewährte sich. In dem veränderten Raum versagte die Orientierung. Der Mörder dachte wahrscheinlich nur, dass die Hand, die auf der Uhr lag, nicht aus der Wand herauskommen konnte. Daher konnte die Frau mit den kurzen Haaren niemand anderes als Stefi sein. Ihr Finger verdeckte den Minutenzeiger, und auch der glänzende Ring war zu erkennen.

Beke stellte sich die nicht sichtbare und daher vielleicht noch grausigere Szene vor: Stefi legt im Dunkeln dem ahnungslosen Decsi – dem Ebenbild ihrer ehemaligen Liebe –

einen Arm um den Hals, ihre Lippen verschmelzen, sie küsst ihn leidenschaftlich, währenddessen streckt sie ihren freien Arm aus, ertastet die Uhr, legt den Finger über den Minutenzeiger … Bea, die Überlistete, steht bereits vor der Kommode … Haller hat das Signal erhalten: Der Zeiger ist verschwunden … Schwabik, der in einem Sessel sitzt und an seinen Krebs denkt, blickt auf und sieht, dass die Uhr 19 Uhr 40 anzeigt … Stefi, mit dem Finger auf dem Minutenzeiger, küsst Decsi immer stürmischer und lauscht dabei, ob neben ihr, vor der weggedrehten Kommode – die Entfernung beträgt kaum einen halben Meter – Beas Kehle schon zugedrückt wird … Vielleicht vernimmt sie durch das leise Ticken der Uhr hindurch sogar das kaum hörbare, grauenvolle kurze Knacken, denn sie lauscht ja angestrengt … Auf jeden Fall weiß sie, dass in ihrer unmittelbaren Nähe gerade ein Mord begangen wird, und vielleicht zuckt ihr Körper in der doppelten Erregung der Gräueltat und der Umarmung, und sie erschaudert bei der Erkenntnis: Es hat geklappt. Ja, es hatte geklappt, und selbst wenn Bea im letzten Augenblick noch fliehen wollte, wäre es ihr nicht gelungen. Beke konnte Beas panische Angst nachempfinden, als sie bemerkte, dass sie nicht wegkam, ihre Verzweiflung, als sie auf der eigentlich offenen Seite an eine Wand stieß … Ja, den schlimmsten Orientierungsverlust wird wohl sie durchlebt haben, kurz bevor sich die Hände um ihre Kehle legten … Stefi konnte Decsi nun bereits mit beiden Armen umschlingen … Der Schrei des Entsetzens wurde noch nicht ausgestoßen, es war erst der Moment, in dem Ali das Opfer berührte und erschrocken weiterging … Währenddessen war er selbst draußen im Flur damit beschäftigt, das Kätzchen zu retten, es aus der

Manteltasche zu holen, es in die Küche, zum Rest der Katzenfamilie zu lassen, und dann, ja erst dann hörte er den wahnsinnigen Schrei, woraufhin er mit einem Satz bei der Tür war, sie aufriss und das Licht anschaltete.

Sowohl Stefi als auch Decsi hatten angegeben, sich während der dritten Runde, im Augenblick des Mordes, geküsst zu haben. Das entsprach der Wahrheit, wodurch Stefi ein Alibi hatte. Als Decsi scheinbar Selbstmord begangen hatte und der Täter feststand, wurde Stefi dieses Alibi unangenehm, und sie zog ihr vorheriges Geständnis zurück. Sie dachte, sie könne das ohne weiteres tun, da Decsi nicht mehr das Gegenteil behaupten und sie damit Lügen strafen könne; nichts würde er mehr sagen können, schließlich war er tot. Der Kuss hätte nun für Decsi ein Alibi bedeutet, und das wollte Stefi nicht: Sie wollte sich und den wahren Täter schützen. Haller, von dem sie sich offenbar viel Geld erhoffte, den sie bis an sein Lebensende hätte erpressen können.

Beke stellte sich vor, wie sich diese beiden Ungeheuer, hätte man sie nicht gefasst, am nächsten Morgen zusammengesetzt hätten, um zu beraten, wie das Leben in diesem Haus künftig aussehen solle. Er stellte sich Stefis Anspannung vor, ihre ständige Wachsamkeit, damit der Erpresste sie nicht auch noch umbrachte, und wie sie ihn zwang, ihr immer mehr Geld zu geben, Geheimnisse zu verraten, ja sie vielleicht sogar zu heiraten, wenn es sein musste, um den Preis des Lebens seiner Frau … Aus diesem furchtbaren Paar würde nun nichts werden, höchstens ein doppeltes Todesurteil.

Aber was war der eigentliche Auslöser für das Verbrechen?

Beke war allmählich dahintergekommen, mit wem Stefi während der ersten Runde gesprochen hatte.

Zunächst konnte er die Frauen aus dem Kreis der potenziellen Gesprächspartner ausschließen. Denn diese duzte Stefi. «Auf dem Foto waren zwei Personen. Er und Sie.» Aus der Tatsache, dass Stefi die Person mit Sie angesprochen hatte, konnte er darauf schließen, dass es sich um einen Mann handelte. Aber wer konnte das sein? Beke dachte daran zurück, wie er selbst durch die dunklen Räume geirrt war. An Alis bärenhafter Körpermasse war er bereits im äußeren Zimmer vorbeigegangen, aber das Flüstern hatte er im zweiten, inneren Zimmer gehört. Und als er weiterging, sich also von Stefi entfernte, sah er Schwabiks Siegelring in der anderen Ecke des Zimmers aufblitzen. Ali und Schwabik konnte er also mit großer Wahrscheinlichkeit ausschließen. So blieben nur noch drei Personen: Decsi, Vértes und Haller. Dann dachte Beke an das Bild, das er nach der zweiten Runde sah, als das Licht wieder angeschaltet worden war. Der «Mörder» (er), das «Opfer» (Schwabik) und Bea bildeten eine Dreiergruppe. Und die anderen sechs Spieler zwei weitere Dreiergruppen. Vértes, Stefi und Haller die eine. Decsi, Magda und Ali die andere. Aber für Beke war jetzt die erste von Interesse. «Ich dachte, meine Frau steht neben mir», sagte Haller als Antwort auf die Frage des «Detektivs». «Wegen des Parfüms. Aber welch fataler Zufall: Meine Assistentin benutzt den gleichen Duft.» Nun, aus Magdas Geständnis ging hervor, dass Haller nur geblufft hatte und Stefi nicht mit seiner Frau verwechselt haben konnte. Und dennoch: Was hatte Ali über den Augenblick, nachdem das Licht angeschaltet worden war, gesagt? «Als Frau Schwabik nach der zweiten Runde das Licht anschaltete, wollte Haller gerade Stefi umarmen. Das habe ich genau gesehen.» Das Gleiche muss Magda gesehen haben; Beke erinnerte sich an ihr blasses Gesicht und den verdutzten Blick.

Später tauchte aus Stefis Handtasche tatsächlich ein Bild auf, das ursprünglich zwei Personen zeigte: «Er und Sie.» «Er» war Stefis ehemaliger Verehrer. Aber wer war mit «Sie» gemeint? Bereits aufgrund des vorherigen Gedankenganges kamen nur drei Personen, drei Männer in Frage: Decsi, Vértes und Haller. Der missglückte «Umarmungsversuch» am Ende der zweiten Runde lenkte Bekes Aufmerksamkeit auf die Rolle Hallers. Er arbeitete seit Jahren mit Stefi zusammen. Weshalb war es für ihn plötzlich so dringend geworden, sie zu «umarmen»? War der Grund nicht darin zu suchen, was Stefi ihm während der ersten Runde mitgeteilt hatte? War da nicht etwas angesprochen worden, weswegen Haller sofort «Hand an sie legen» wollte? Nämlich, dass Stefi hinter Hallers Geheimnis gekommen war, wodurch sie, die früher schon einmal freiwillig als Polizeispitzel hatte arbeiten wollen, für ihn gefährlich geworden war.

Aber wann war sie dahintergekommen?

Beke dachte an den Moment zurück, als er überrascht festgestellt hatte, dass er ohne Schlüssel das Wartezimmer betreten konnte, und er den Türspalt entdeckte, durch den er ins Behandlungszimmer hatte linsen können. «Das Gleiche hatte auch Stefi tun können», dachte er in dem Moment.

Ja, sie muss sich dort, im Wartezimmer, vor Vértes und Ali versteckt haben. Und wenn sie schon da war, konnte sie die Unterhaltung zwischen Haller und Decsi, die gerade zu zweit im Behandlungszimmer waren, beobachten und belauschen.

Haller wollte die Verbindung zu dem Agenten aufnehmen, der an Decsis Stelle hatte zurückkehren sollen. Deshalb schrieb er Decsi bereits zu dem Zeitpunkt einen – allem Anschein nach harmlosen – Brief, als die Spionageabwehr noch gar nicht damit begonnen hatte, das Treffen im Hintergrund zu organisieren.

Als sie zu zweit im Behandlungszimmer waren, versuchte Haller erneut, zu klären, ob er einem Agenten gegenüberstand. Decsi wusste natürlich nicht, was Haller von ihm wollte, verstand die Deckfragen nicht, erkannte das Foto aus der «Schulzeit» nicht, das Haller ihm zeigte. Stefi dagegen verstand sofort. Denn bei dem Bild, das Haller Decsi gab, handelte es sich um die linke Seite des zerschnittenen Fotos: «Erinnerst du dich an diesen Ausflug?» Auf dieser Seite des Bildes war neben Stefis emigriertem Verehrer, dem Agenten 06, Doktor Haller zu sehen.

Stefi hatte ihrem Chef im vertraulichen Dunkel der ersten Runde verraten, dass sie sein Geheimnis herausgefunden hatte. Daraufhin wollte Haller sie sofort loswerden. Er mutmaßte, dass der Verdacht auf Decsi fallen würde, da er, als Arzt, dessen krummen Daumen mit beinah anatomischer Genauigkeit nachahmen konnte.

In der zweiten Runde unternahm er einen überstürzten Versuch, sie umzubringen. Er dachte, sie hätte seine Absicht nicht erkannt und er könne seinen Plan in der dritten Runde durchführen. Deshalb verabredete er sich mit ihr an der Kommode. Stefi wusste, dass sie in Lebensgefahr war. Sie hatte aber auch bemerkt, dass Bea mit Schwabik reden wollte. Sie schickte sie unter dem Vorwand, Schwabik warte dort auf sie, zur Kommode. Und sie versäumte nicht zu erwähnen, dass Frau Schwabik, sollte sie davon Wind bekommen, sich an Bea rächen, zum Beispiel ihre Kleidung beschmutzen könnte. Bea nahm den Rat an, setzte ihre Perückenmütze auf, und Frau Schwabik tat ihr auch wirklich nichts …

Als das Licht anging, wurde Károly Haller mit einer furchtbar enttäuschenden Überraschung konfrontiert, die er jedoch geschickt überspielte. Während er, der Mörder, den besorgten Arzt spielte, konnte er sich innerlich sammeln. Er wusste, wegen Stefi musste er sich keine Sorgen machen, schließlich war sie mitschuldig. Und der Verdacht würde nicht nur auf Decsi fallen. Haller war auch Schwabiks Nervosität aufgefallen. Er ahnte, dass diese etwas mit Bea zu tun hatte. Die Spannung innerhalb des ominösen Dreiecks Bea, Schwabik und dessen Frau kam ihm im Nachhinein sehr gelegen. Er selbst stand ja tatsächlich in keiner Verbindung zu Bea. Er hoffte zu Recht, dass die Ermittlungen dies beweisen würden. Und hatte er denn nicht alles getan, um ihr Leben zu retten? Kein Arzt der Welt hätte mehr für sie tun können.

Decsis «Tod» bedeutete für ihn ein ausgezeichnetes Alibi. Nur, dass er den «Toten» vergeblich sehen wollte, denn Beke ließ ihn nicht zu ihm. Zu diesem Zeitpunkt kamen langsam Zweifel in ihm auf und mit ihnen die Angst. Und dann hätte er einem todkranken Mann helfen müssen, und Beke ließ ihn trotzdem nicht gehen. Er hielt ihn fest. Mit dem Zynismus eines Bullen, der selbst ein Menschenleben aufs Spiel setzte, um sich seine Beute nicht entgehen zu lassen. Da verstand Haller, dass er verloren war, und griff zum letzten Mittel.

Er hatte sich rechtzeitig darum gekümmert. Draußen, im Wald, als er Pilze fürs Abendessen gesammelt hatte. Stefi hatte ihn überrascht, aber da waren die Pilze bereits im Korb. Hinter seinem Spaziergang in der regnerischen Waldidylle verbarg sich die Idee, die gefährlich gewordenen Gäste, sollten alle Stricke reißen, durch eine versehentliche Pilzvergiftung ins Jenseits zu befördern.

Haller versteckte sowohl die Pilze, die Magda auf dem Markt in Pécs gekauft hatte, als auch die giftigen, die er im Wald gesammelt hatte. Er wusste, dass seine Frau sie suchen und dort auffinden würde, wo er sie hinlotste. Zu den genießbaren oder den giftigen. Denn er hatte zwei gleiche Tüten zusammengestellt.

Wer waren diese Übeltäter?

Stefi, die eigentlich das Opfer gewesen wäre, das wusste und statt Schutz zu suchen, jemand anderen umbringen ließ, gehörte zum Typ des zu allem entschlossenen Abenteurers. Durch die innere Leere hatte auch ihr eigenes Leben nicht mehr viel Wert für sie. Nun bot sich ihr die Gelegenheit, an einem unwahrscheinlich spannenden Spiel teilzunehmen. Hätte sie Beke erzählt, was sie wusste, hätte sie als Dankeschön höchstens einen Strauß Blumen vom Frauenrat erhalten. Darauf konnte sie gut verzichten. Sie wollte Geld, koste es, was es wolle. Aufsehen erregen, und sei es als Verbrecherin.

Den Schlüssel zu Haller lieferte das Geständnis seiner Frau. «Mit blonden Haaren würde ich ihm besser gefallen. Er hat sich damals in Emmi Schweller verliebt und, wenn wir ehrlich sind, vielleicht auch sie geheiratet.» Er heiratete das vornehme Bürgermädchen, das seine Ideale verkörperte, in Wirklichkeit jedoch – und dessen wurde er sich womöglich erst im letzten Augenblick bewusst – die Tochter eines Kronstädter Krämers war.

Das Drama, das sich nach dieser Erkenntnis in Haller abspielte, konnte nur zu einer Läuterung oder zu einem inneren Zerfall führen. In seinem Fall war Letzteres eingetreten.

Aber er wurde zu einem schlechten Spion, der die Regeln seines Handwerks verletzte und in der Angst, von Stefi angezeigt werden zu können, überstürzt handelte. Hätte er die Lage abgewägt, wäre er darauf gekommen, dass er Stefi zu seiner Komplizin hätte machen können. Er wägte jedoch nichts ab. In der Gefahr brach aus ihm der in ihm lauernde Psychopath heraus, und er entschied sich für die primitivste Lösung. Beas Tod war das Ergebnis einer unerwarteten, wahnsinnigen Aktion, vor der Beke sie nicht hatte beschützen können. Denn dieser Mord geschah in doppelter Finsternis; in der der Wohnung und der eines umnachteten Geistes. Dort, wo er selbst mit Hilfe eines elektrooptischen Wandlers nicht hätte voraussehen können, was sich anbahnte. Dennoch fühlte sich Beke für diesen Tod verantwortlich. Das Erfolgserlebnis der Ermittlung, die zu einem raschen Ergebnis geführt hatte, wurde von den Selbstvorwürfen und dem Schmerz über Beas Schicksal überschattet.

Wie immer, wenn er sich das Gehirn über etwas zermarterte, hätte Beke jetzt am liebsten ein Gedicht gelesen. Ja, am liebsten ein Gedicht, das er bereits kannte und mochte. Plötzlich musste er lächeln: In seiner Tasche war ja der kleine schwarze *Hamlet*-Band, den er von Decsi zurückbekommen hatte. Er blätterte ihn auf, und ihn überkam die Erinnerung an das erste Mal, dass er als Schüler den *Hamlet* gelesen hatte. Er dachte an Decsi, der ihm Hamlets an Horatio gerichtete Worte schwach unterstrichen hatte:

*Du bist grad ein so wackrer Mann, Horatio,*
*Als je mein Umgang einem mich verbrüdert …*

Beke vergaß, dass er in einem Flugzeug saß: Helsingör rief das Bild der Burg von Siklós in ihm wach, auf der Decsi und er in einem längst vergangenen Sommer, noch in der Grundschule, herumgestromert waren. Umgeben von der Wärme einer wiedergefundenen Freundschaft, reiste er dorthin zurück, wo ihn neue Gefahren, Abenteuer und Aufgaben erwarteten.